野いちご文庫

あなたの命、課金しますか?

さいマサ

STARTS
スターツ出版株式会社

× × × × ×
× × × ×
× × × × ×
CONTENTS

第一章

第二章

第三章

最終章

番外編　もう一つのラスト

あなたの命、課金しますか？
登場人物紹介

葉月《はづき》 渚《なぎさ》

中3。願いを叶えるアプリで美しい顔とモデル体型を手に入れ、クラスの人気者に。ところが、願いはエスカレートしていき…。

三《み》鷹《たか》裕《ゆう》也《や》

渚のクラスの人気者でイケメン。朋美と別れてキレイになった渚と付き合うけれど、隠された裏の顔があって…。

桜《さくら》庭《ば》朋《とも》美《み》

自然と周囲の注目を集めるモデル体型の美人で、渚も憧れのクラスメイト。もともとは裕也の彼女だったけど…。

篠《しの》田《だ》桃《もも》子《こ》

渚のクラスメイトで親友。過去の渚と同様に外見はイマイチで地味な存在だけど、優しい性格の持ち主。

ようこそ！
HAPPY SCHOOL《ハッピースクール》へ！
我々はあなたの学校生活を、全力で応援します‼
それでは質問です。
もし望みが叶《かな》うとしたら？
あなたならどうしますか？
さぁ、今すぐ登録をして、華やかなスクールライフを！
ただし、【課金】をするには条件があります。

第一章

スクールカースト最下位の定義

私は【可愛《かわい》くない】。自分でも思う。【ブス】で、しかも【地味】だと。

それなのに鏡をよく見る。

どれだけ見たってキレイになるわけないのに。

私をまっすぐ見つめ返してくる、かわいくない私。

せめてこの腫《は》れぼったい目を二重にして、もう少し鼻を高くして、エラを削って、唇を分厚くすれば――。

きっとキレイになれるはずなんだけど?

整形したい。

それも、できれば今のうちに。

中学三年生の今しかできないことはたくさんある。

だからすぐにでもキレイになりたい。

そのためなら、なんだってするのに。

なんだって――。

「渚《なぎさ》おはよう」

「桃子《ももこ》おはよう」

私たちは、いつも一緒だ。

私、葉月《はづき》渚と篠田《しのだ》桃子は、ずっと仲良しだ。

「昨日、レアガチャ出たんだ」

「うそ!?　何が出たの？　見せて見せて！」

私は、桃子のスマホを覗《のぞ》き込む。

朝のSHRが始まるまでの時間を、スマホゲームの話で盛り上がるのが日課だ。

まわりの女子はもっと華やかで、恋バナやアイドルの話をしているけれど、私は桃子と好きな人の話なんかしたことはない。

お互いはっきりと口にはしないけれど、その手のガールズトークはしてはいけない気がしていたからだ。

「あ、桜庭《さくらば》さんだ」

桃子はそう言ったきり、黙り込んでしまった。

教室に入ってきた桜庭朋美《ともみ》には、空気を変える力がある。

なぜか私も黙った。

桜庭さんは私たちを一瞥《いちべつ》することもなく、自分の席につく。

すぐにクラスメイトに取り囲まれ、まるでアイドルみたいだ。

そんな時、私は思う。

桃子の存在がありがたいと。

だって桃子は——。

私と同じ【スクールカースト最下位】だから。


「渚、食べないの？」

「うん、ちょっとね」

「またダイエット？」

昼休み、桃子が尋ねてきた。

『また』という言葉が引っかかったけど、曖昧《あいまい》に笑って誤魔化《ごまか》しておく。

私は少しばかり【ぽっちゃり】している。

いや、まあ、あの——そこそこぽっちゃりだ。

「ブタがエサ食わねーってよ」

どこからか、からかう男子の声が聞こえてきた。

そう、私は【太っている】。

いや、はっきり言って【デブ】だ。

身長一五五センチ。体重七十八キロ。

だからダイエットは永遠のテーマでもあった。

チラリと、桜庭さんを盗み見る。

棒みたいな手足をしていた。

ペキッと折れてもいいから、私もああなりたい。

私なんか彼女を見つめる資格もないけれど、桜庭さんと友達になることを想像するだけで、胸がドキドキした。

「私もダイエット付き合ってあげる！」

「いいよ、無理しなくても」

「友達だもん！」

桃子は、こうやっていつも『友達』と口にする。

そうしないと、私たちの関係が消えてしまうみたいに。

そして私はそんな桃子を見て、カーストの最下位にいることを思い知る。

つまりは、冴《さ》えない学校生活だった――。

朝から何も食べてないというのに、家に帰って体重を計ると〇・五キロ増えていた。

このままじゃ、八十キロの大台を突破してしまう！

けれど、これだけ努力しているというのに増える体重が恨めしくて、今、私はポテチを頬張《ほおば》っている。

コンソメ味、最強!!

アッという間に一袋がなくなると、罪悪感が襲ってくる。

だけど、どうすることもできない私は、誤魔化すかのようにスマホを手に取った。

ツミゲーでもしよう。

今は得点で桃子に負けているし。

桃子は課金してないって言うけど、あれは絶対に嘘《うそ》だ。

私は、どちらかというと課金派。

お金で優越感が買えるなら安いもの。

一ヶ月のお小遣いのほとんどを、ゲームの課金に費やしていた。

本当なら、桜庭さんみたいにオシャレしたい。

でもそれは、雲の上の話。

憧《あこが》れるけど、憧れるだけ。

だって私は、どうせスクールカースト最下位なんだ。

襲いかかってくる、やり場のない虚《むな》しさを振り払うようにスマホを覗き込む。

ゲームを始めようとすると、見知らぬアドレスからメッセージが届いていた。

迷惑メッセージだろうか？
少し迷いながらも、とりあえず開いてみる。

ようこそ！
HAPPY SCHOOLへ！
我々はあなたの学校生活を、全力で応援します!!
それでは質問です。
もし望みが叶うとしたら？
あなたならどうしますか？
さぁ、今すぐ登録をして、華やかなスクールライフを！

ハッピースクール？
全力で、うさん臭《くさ》い。
新しいゲームやアプリは、だいたいチェックしている。
新し物好きな桃子からも、こんなアプリがあることは聞いていない。
学校生活を応援されたところで、私の毎日が楽しくなるはずなんてないのに。
カーストの底辺中の底辺。

そこは、存在していないものだと扱われる。
いや、扱われることもない。
だって、私は存在していないのだから。
まだイジメられないだけ、マシかな？
『ブス』や『ブタ』だ、聞こえよがしに言う陰口がイジメに入らないのであれば。
だから私は、おとなしくしている。
底辺なのだから、目立たぬよう。底辺なのだから、何も望まない。
それが【スクールカースト最下位の定義】だから。
でも――。
もし望みが叶うとしたら？
ここから抜け出したい。
全部、願いが叶うなら？
駆け上がりたい。
桜庭さんのいるところまで。
とはいっても、そんなことは無理な話。
華やかなスクールライフなんて、カースト上位にだけ与えられた特権じゃないか。
私は夢を見ることさえ許されないのだから。

けれど、桃子を出し抜くことはできる。

桃子より早く始めれば、自慢できるんじゃないか？

今すぐ登録しても、嫌なら消せばいいだけ。

だから私は、軽い気持ちで【HAPPY SCHOOL】に登録することにした。

本当に軽い気持ちで――。

説明に従い、名前やアドレスを登録していく。

次に【顔写真を登録してください】ときた。

自撮りはあんまり好きじゃないけど、少しでもかわいく見える角度から写メを撮る。

三十回ほどシャッター音をさせてから、ようやく登録。

これで【無料体験版】が遊べるらしい。

そこで私たちゲーマーの気を引いて【プレミアム版】へと移行させるのは、アプリのセオリーだ。

面白かったら私も課金するけど、私の目は肥えているし、そもそも、もう今月のお小遣いがない。

よっぽどのことがない限りは、この無料版で遊ぶ感じかな。

なんて思いながらゲームを始めてみると、画面には私【葉月渚】とおぼしき、セーラー服を着たキャラクターが。

どうやら、私自身をいろいろとカスタマイズして成長させていくゲームらしい。

まわりの風景は教室のようで、ゲームの中だけでも華やかなスクールライフを送れるということか。

それはそれで切ない気もしたけど、試しにやってみる。

私そのものを動かし、いろいろなアイコンをタップしていく。

そして、それを見つけたのは、だいぶ飽き始めた時だった。

ゲームを探っていくと【願いを叶える】という項目が現れたのだ。

不思議に思いながらタップすると——。

【お金を拾う】

一瞬なんのことだろう?と思ったけど、お金を拾うことに抵抗はない。

【願いを叶えますか?】

というボタンをタップする。

【本当にいいんですか?】

と、きた。

なかなかしつこいな?

構わずにタップすると【あなたの願いを叶えます】と出てきた。

それで何かアイテムが買えるのだろうか?

現実で無理なら、せめてこの仮想世界だけでも着飾るのはいいかもしれない。

ちょっと露出度の高い服なんて、売ってないかなー？

それからもうしばらく遊んでみたけど、これといった動きはない。

しょせんは無料の範囲内だ。

これ以上、どうすることもできないとわかると、一気に興味が薄れていった。

いつものツミゲーを始め、何度やっても桃子の得点を超えられないので、早々に切り上げる。

「ああ、お腹へった」

それでも誤魔化したはずのポテチへの罪悪感はいまだに健在なので、何も食べずに寝ることにする。

このまま寝てしまえばきっと、ポテチ分は減っているはず。

目を閉じて私は思った。

目が覚めれば、桜庭さんになってたりして。

そうすれば間違いなく【HAPPY SCHOOL】を送れるのに。

そんな夢物語に耽《ふけ》る私は、もうアプリのことなんて頭になかった。

教室の片隅でひっそりとお昼ご飯を食べる、私たち。

「あれ渚、ダイエットは？」

「もう終わり」

すげなく言うと、私はアンパンにかぶりついた。

お弁当だけでは飽き足らずに、菓子パンを口いっぱいに詰め込む。

桃子が驚くのも無理はないけど、朝、体重計に乗ったら一キロも増えていてバカらしくなった。

もういい。

血の滲《にじ》むような思いをしても、報われないんだ。

それなら爆食いしたほうがいい。

「ブタが覚醒《かくせい》したぞ」と陰口を叩《たた》かれたとしても。

すると突然、明るい笑い声が教室の中央から響き渡る。

桜庭さんのグループだ。

何も気にすることのない食事は、さぞおいしいだろうな。

カロリーや体重が増えることも気にしないでいいんだから。

「ごちそうさまでした」

机を元に戻した時、足元が光った。

――ん？

一〇〇円玉だ。

誰かの落とし物だろうけど、「これ誰の？」なんて注目を浴びることは絶対にしたくない。

そっと拾ってポケットに忍ばせる。

でもこれって――？

席について、スマホを見る。

【HAPPY SCHOOL】のアプリを開き、【願い事】の項目をタップした。

「うそっ」

思わず呟《つぶや》いた。

【願いが叶ってよかったですね】

まさか、本当にこのアプリで願いが叶ったの？

それからというもの、少しでも時間があるとアプリを作動させたけど、別に変わりはない。

やっぱり、偶然だろうか？

そんな予知みたいなこと、普通はあり得ない。

「渚、これからうち来る？」

「ごめん。今日は用があるから」

桃子の誘いを断り、そそくさと学校を出た。

家に帰ってさっそく、仮想のスクールライフを満喫する。

とはいっても、教室以外どこに行けるわけでもないし、喋《しゃべ》るわけでも、他にキャラがいるわけでもない。

私が待つのはただ一つ。

新しい【願い】が更新されるのを待つだけ。

更新時刻は夜の九時きっかり。

【願いが叶ってよかったですね】から【願いを叶える】に戻っていた。

食い気味にタップする。

「――何これ？」

思わず吐き捨てるような口調になっていた。

私にとっては、どうでもいい内容だ。

お金はまだいい。

得をするから。

でも──。

【先生に褒められる】

なんて、私にとってはくだらないことだ。

ましてや目立ちたくないのに。

一気に憂鬱《ゆううつ》になった。

けれど、とも思う。

私の成績はいたって普通。先生に褒められることなんて何もない。でももし、ここに書かれてあるように褒められたのなら、このアプリは本物ということ？

私は【神アプリ】を手に入れたことになる。

そしてそれは、翌日の朝のＳＨＲだった。

「葉月、ちょっと立ってくれ」

担任の岩本《いわもと》先生は、お父さん世代の社会科教師。

名前を呼ばれた瞬間、ドキンと心臓が高鳴った。

まさか──？

「葉月の描いた絵が、コンテストで金賞を獲《と》った」

ざわついていた教室が、静まり返る。

ピンッと糸を張ったように。

しかも、私の席はど真ん中。

「先生も前から葉月の絵は、とてもよく情景が表れていると思っていた。みんなも展示されている絵を見に行ってみるといい」

そう言って、先生が拍手をする。

まばらな拍手が、やがて渋々といった様子で教室内に広がっていった。

拍手の間から聞こえてくる、汚い笑い声。

私はすぐに席に座ると、うつむいて手元を見る。

笑いたければ笑えばいい。

【願いが叶ってよかったですね】

私には、このアプリがある。

これで間違いない。

このアプリでいう【願い事】は、現実世界でも起こるんだ。

これまで色あせていたスクールライフが、少しだけ色づいたように思えた。

それから私は、新しい願いが更新されるのを、今か今かと待ち続ける。

「渚、最近いいことあった？」

「いいこと？　どうして？」

笑顔になるのを堪えて、桃子に聞き返した。

「なんか、明るくなったかな？　痩《や》せた？」

「一キロ太ったよ」

「そうなの？　でもなんか、元気だね」

「気のせいだって」

とうとう八十キロに到達した私だったけど、機嫌は悪くない。

一日一回、いいことが起きるんだ。

【パンを貰《もら》える】とあれば、パン屋さんで一つサービスしてくれた。

【テストでいい点を取る】と書かれていた日は、平均点を大幅に上回っていた。

【風邪が治る】という願いは、すでに私が風邪を引いていることを予知していた。

どれも他愛《たあい》ない事柄だったけど、学校へ行くのが楽しみになっていたんだ。

必ず願い事が叶うから。

だけど今回の願い事は、これまでと一味違う。

私はずっと、桃子と友達だ。

桃子だけが友達だった。

私と仲良くなりたいなんて、奇特な人はいない。

私たちと同類と思われるからだ。

望んでカーストを落とす人はいないから——。


「あの、葉月さん」

「えっ!?」

声を上げたのは、私じゃなく桃子。

私たちに声をかけてくるクラスメイトなんて、これまでいなかった。

だって私たちは、【いないもの】として扱われているから。

声をかけてきたのは、井沢《いざわ》さん。

カーストは、中くらい。

可もなく不可もない、ストレスからは一番縁遠い安定の席に座っていて、これまで話したことはない。

そんな井沢さんが、どうして——?

「葉月さんの絵、見てきたの。とてもよかった。じつは私も絵を描いてるんだ」

「そうなの?」

「よかったら、見てみて」

小脇《こわき》に抱えていたスケッチブックを、井沢さんが机の上に開いた。

そこには、ゲームのキャラクターが躍動感いっぱいに描かれている。

「わぁ、ホント上手！」

桃子が手を叩いて褒めた。

「すごい。今にも動き出しそう」

「葉月さんも、何か他に描いてないの？」

「うーん、たまにノートの裏に描くとかかな？」

「もったいないよ‼　今度、一緒に描かない？」

「えっ⁉」

声を上げたのは、またしても桃子のほうだった。

まさか誘われるとは思わなかったのだろう。

「うん、私でよければ、ぜひ」

つとめて冷静を装って答えたけど、心がとても熱くなっていた。

【新しい友達ができる】

アプリでの願い事が本当に叶った時、私はとてもうれしかったんだ。

クラスメイトの三鷹裕也《みたかゆうや》は、サッカー部のキャプテン。

身長が高くて顔が小さくて、少し長めの髪はいつもキマっている。

もちろん女子人気は一番で、男子からの人望も厚い。

私なんかが見るだけでも申し訳なく感じられるくらい、三鷹くんは完璧《かんぺき》だった。

三鷹くんにはきっと、桜庭さんみたいなキラキラした女の子がお似合いだろうな。

私みたいに太っていて醜い女なんて、視界にさえ入っていない——はず？

「おい、落ちたぞ」

「っ⁉」

振り向いた私は、石像のように固まった。

み、み、三鷹くんが、私を見ている⁉

しかも私のスマホを手に、私に話しかけている？

「ほら、スマホ。あ、俺と一緒の機種じゃん」

「あ、あの——」

「早く取れよ」

「ごめん‼」

半ば奪い取るようにスマホを引《ひ》っ掴《つか》むと、お礼も言わずに教室から飛び出した。

廊下をどすどすと走るけど、すぐに息を切らしてトイレに駆け込む。

個室に入り、便座に腰をおろす。
呼吸は落ちついたはずなのに、胸のドキドキがおさまらない。
スマホを両手で包み込むと、まだ三鷹くんの温《ぬく》もりが伝わってくる。
こんなことって。
こんな奇跡みたいなことが起きるなんて――。
そっとアプリを開くと、【願いが叶ってよかったですね】とあった。
実行された願い事は【男子に声をかけられる】だ。
それを見た時から、眠れなかった。
男子にとって私は女子でもなんでもない。
何者でもないか、ストレス発散のターゲット。
そんな私が男子から声をかけられるなんて、きっといいことではないのでは？
面と向かって悪口を言われるのも、同じこと。
だからずっと気になって、授業どころじゃなかった。
それならいっそ、アプリを退会してしまおうと思ったけど、それも勇気がない。
毎日、細やかだけれど、必ず願いが叶うんだ。
この小さな幸せは手放したくない。
『俺と一緒の機種じゃん』

ない。

三鷹くんの声が蘇《よみがえ》る。

他の男子のように、私を笑うこともないし、バカにしたり毛嫌いしたりすることもない。

ごく普通に接してくれた。

スマホを胸に抱いて、ずっと三鷹くんを感じていたかったけど——。

メッセージが届いたらしい。

誰からだろう？

私はスマホを確認する。

「——えっ？」

思わず声が漏れた。

【新しい願い事が追加されました】

新しい、願い事？

急いでアプリを開く。

これまでは夜の九時に更新されるだけだった。

それがこんな昼間に？

でもたぶん……さっきの三鷹くんのこと以上に、いいことはないだろうな。

一円のお金もかからない【無料版】だから仕方がない。

欲を言えば、自分で願い事がリクエストできるといいけど、そこまでタダで望むのは申し訳ないか。

今度はどんな小さな幸せかな？　なんて思いながら願い事の項目をタップした。

――え？

思わずスマホに見入る。

これって――今までとは違う。

これまでは、私のまわりで出来事が発生した。

お金を拾ったり、友達ができたりといった、私という対象のまわりでのこと。

私個人に直接的な影響はない。

それが今度は違う。

その願い事は、私そのものを変えてしまう。

そんなことって、可能なの？

私が私でなくなってしまう。

それでも。

それでもこの願い事は、私の叶えたい夢じゃないか？

改めて画面を見つめた。

そこには、こう記されていた。

【一キロ痩せる】

私はもう疑っていない。

このアプリ【HAPPY SCHOOL】で願い事が出たら、それは現実世界で一〇〇パーセント叶う。

どんな願い事だったとしても、叶うんだ。

【一キロ痩せる】とあれば、次の日、私は一キロ痩せているはず。

何もしなくても――だ。

食べ物を我慢して、ストレスが溜《た》まることもない。

苦手な運動をする必要もない。

朝、目が覚めれば痩せているんだ。

一キロの重み。

たかが一キロ、されど一キロ。

私にとっては、八十キロを切るか切らないかの瀬戸際。

指先でタップするだけで、ダイエットができる。

私が待ち望んでいた、本当に心から叶えたい願い。

迷うことなんて何もない。

一切ためらうことなく、指先に力を入れる――。

画面が切り替わった。

「えっ――?」

いつもはこう表示される。

【願い事、承《うけたまわ》りました】

そして翌日には文字どおり、叶うんだ。

だから今回もそうだと思っていたのに――。

やっぱり人生は甘くない。

タダで手に入る幸せは、たかが知れている。

【代償】が必要なんだ――。

スマホの画面を見おろすと、そこにはこう表示されていた。

【これより先は、プレミアム版を登録してください】

プレミアム版【課命】

迷いはない。

すぐトップページに戻り、【プレミアム版】へ移行する。

月額いくらかわからないけど、そんなこと問題じゃない。

お小遣いが足りなければ、なんとかお金を工面すればいい。

痩せるためなら、なんだってする。

楽して変われるならなんだって。

【ありがとうございます。プレミアム版への登録が完了しました。引き続きHAPPY SCHOOLをお楽しみください】

最後まで読むのももどかしく、マイページに進む。

人差し指で画面を連打し、ようやくたどりついた。

【願い事を叶える】

私は押した。

すぐに画面が変わり【一キロ痩せる】と出たので、迷わず押す。

「えっ――？」

さっきと同じ声が出る。

失望に近い声が。

ちゃんと登録し直したのに。

次から次へと降りかかってくる障害は、まるで私を邪魔しているようで、思わず画面を睨《にら》みつける。

【課金してください】

やっぱり世の中、お金か？

というか、いくらだろう？

何もしないで一キロ痩せるのは、いったいいくら必要なの？

一万？　二万？

それ以下じゃないことはわかる。

そんな安い願い事じゃないから――。

「ん？」

私はスマホを見つめる。

字が、違う？

【課金】じゃ、ない？

【課命をしてください】


【課金】は【かきん】だ。

すなわち、お金を課すという意味。

それじゃ?

いや、考えるまでもない。

【課命】は【かめい】?

お金の代わりに【命】を課すということ。

命ということは【寿命】だろう。

私自身の寿命を支払う代わりに、願い事を叶える。

【一キロ痩せる】という願い事を——。


「渚、どうしたの?」

「えっ!?」

「なんか怖い顔してるよ」

桃子に言われ、無理やり笑顔を作る。

「なんでもないよ」と言いながら。

「そうかなー？　変なメッセージでも来た？　スマホばっかり見てるから」

「あ、なんか変な迷惑メッセージが来たから」

とっさに手で画面を覆った。

なぜか桃子には相談したくないと思ったんだ。

その代わり。

「ねぇ、もし寿命と引き換えに願いが叶うなら、桃子ならどうする？」

「何よ急に」

眉《まゆ》を寄せてはいるけど、真剣に考え込んでいる様子の桃子。

「うーん、願い事にもよるかな？　ちょっとの寿命でいいなら、少しくらいなら構わない気もするけど、それで死んじゃったら意味ないよね？」

それは、とても全《まっと》うな意見だった。

それからは授業にも身が入らず、早々と家に帰った。


ずっとスマホと睨めっこをしている。

桃子の言うことはもっともだ。

命に代えられるものなんて、この世にない。罰当たりだといってもいい。

でも——。

私は【一キロ】の重みを誰より知っている。
寿命と願い事のバランス。
もし、ほんのわずかな寿命で叶えることができるなら？
それなら、私は試してみたい。
たとえこの命が縮もうと――。
【課命をしてください】
そっと人差し指を伸ばす。爪先が画面に触れた。
はたして【一キロ】の価値は、寿命に換算するとどれくらいなのだろう？
朝昼晩と絶食したなら【一日】で減らすことができる。
自力で一日だ。それなら三日くらいで叶えられるんじゃないか？
私の寿命があとどれくらいかわからないけど、日本人女性の平均寿命は【八十年】。
そう計算すると、まだ六十五年もある。
そのうちの三日くらいなら、いいんじゃないか？
それくらいなら、くれてやる。
【一キロ痩せる】
私は力強くタップした。
すると、その横に数字が現れたんだ。

【一キロ痩せる】【一年】

一年⁉

スマホを手に、私は固まった。

一キロ痩せるのに、寿命を一年も差し出すの？　たった一キロなのに？

フリーズしたまま、ベッドに腰かける。

三日ならいいけど、一年はない。価値が釣り合わない。

それを言うなら、たとえ一日でも寿命と釣り合うものなんてないけれど。

「渚、ご飯よ！」

お母さんに呼ばれ、返事をする代わりにスマホを手放した。

正直、あんまり食欲はなかったけど――。

食卓に並ぶのは、私の好きなものばかり。

「何これ？　何かの記念？」

「そういうわけじゃないけど、ここ最近、なんだか渚が明るくなった気がするから、お母さんも張りきっちゃったの」

「そうなんだ」

うれしそうに話すお母さんの手料理は、私の胃袋を刺激する。

私がこんなに太っているのも、そのせいだ。

けれど一口でも食べ始めると止まらない。

さっきまで体重のことで悩んでいたのが嘘のように平らげ、その後しばらくして、お風呂《ふろ》に入る。

余裕でつまめる脇腹《わきばら》のお肉。

風呂上がりに計った体重は【八十二キロ】だった。

食べすぎた罪悪感が襲いかかる。

鏡に映る、まん丸の顔は、今にも破裂しそうだ。

でも私は、ずっと、これから先ずっとこのままなんだ。

嫌でもこの顔と付き合っていかなければならない。

つまり一生、ブスのままだということ。


私は、願い事を叶えることにした――。


翌朝、目が覚めるとベッドから飛び起きて体重を計る。

昨日は食べて食べて食べまくった。

一キロ増えていたとしても、なんら不思議はないのに――。

「減ってる」

寝る前に量った時より、きっかり【一キロ】減っていた。

ということは、私の寿命も【一年】減ったということ。

一年で一キロを買ったことになるけど、寿命は目に見えない。

つまり、ピンとこないわけで――。

それより体重が減った喜びのほうが大きかった。


「おはよう、桃子!!」

「何よ、テンション高い。いいことでもあったの?」

「なんだと思う?」

くびれてもいない腰に手を当てて、どうだっ!!といわんばかりにアピールしてみたけれど……。

「お腹がいっぱいとか?」

「何よそれ。違うわよ!　もういい!」

プイと顔を背けて席についた。

たかが一キロだ。

目に見えてわからない。そもそも私は八十一キロある。

もっと痩せたいけど、こればっかりは――。

【新しい願い事が追加されました】
【一キロ痩せる】【一年】
また、同じ願い事だ。
これを叶えれば合計で二キロだけど、いったい誰が気づいてくれるというの？
少し寂しい気もしたけど、それでも構わない。
私は指先で【一キロ】に触れる――ん？
動く？
体重のところが、スロットマシーンみたいにスクロールできる。
下に流すと【二キロ】となった。
「まさか――選べるの？」
そのまま動かすと、十キロまで選択可能となっている。
試しに【十キロ】を選んで押すと、自動的にその横の年数が【十年】となった。
一キロにつき、寿命を一年【課命】するのは変わらないらしい。
寿命さえ差し出せば、すぐに十キロのダイエットに成功する――。
九キロはさすがに、目に見えてわかるんじゃないか？
そんな熱い期待に胸を膨らませたけど、さすがに十年は抵抗がある。
希望と不安に挟まれたまま、授業が終わって家に帰っても結論は出ていなかった。

体重を行ったり来たりスクロールさせるも、踏んぎりはつかない。

「どうしよう――」

痩せたい。でも怖い。

早死にはしたくない。

でも――今のままじゃ、私は死んでいるも同じ。

まわりと比べ、まわりの目ばかり気にして自分を変えたいと思うのに、何も変わっていない。

これって、生きてるって言うの？

毎日を楽しんでるって言える？

気づけば私は、体重をスクロールしていた指を止めていた。

【五キロ痩せる】【五年】

私は決断した。


翌朝、体重計に乗ると、針は【七十六キロ】で止まった。

顔も小さくなっている。

心なしか、目も大きくなっている感じがする。

「あれ？　渚、なんか痩せたね？」

今度ばかりは、すぐに桃子も気づいた。
「ちょっとダイエットしてるから」
「その割にはいっぱい食べてるけど？　ダイエットサプリか何か？」
「あ、うん。そんなところ」
適当にはぐらかし、お弁当を平らげる。
どれだけ食べたっていい。我慢することもない。
私は楽に痩せられるんだから。
明らかに気づいたのは桃子だけだけど、今日は視線をいくつも感じる。
それも女子の視線ばかり。
人から注目されるのが、こんなに気持ちいいだなんて!!
でもまだ足りない。五キロ痩せたところで、まだ【太っている】からだ。
もっと痩せたい。
もっともっと。
もっともっと。
もっともっと。
もっともっと。
もっと。

第二章

変わることの代償

もう【五キロ】痩せることにした。
これで【七十一キロ】だ。
桃子以外にも、井沢さんグループから『痩せた？』と声をかけられるようになった。
顔の肉も落ちて、顎《あご》のラインがシャープになったような気がする。
それでも——桜庭さんが私を見ることはない。
まだ私は、桜庭さんからすれば【ブス】だ。
夢の六十キロ台はもうすぐだというのに、一つわかったことがある。
家の鏡で自分と対面した私は、ようやく一つの事実を受け入れることにした。
痩せても顔は変わらない。
相変わらず目はぼったりとした一重、鼻は団子鼻、唇は薄くてエラが出ている。
これは、痩せたところで覆しようのないことなんだ。
たとえ私が五十キロになったとしても何も変わらない。
変えられやしないんだ——。

落胆してベッドに腰かける。

痩せるだけでは意味がない。

ため息をついて、それでも日課のようにアプリを開く。

【新しい願い事が追加されました】

どうせまた体重に関したことだと思い、軽い気持ちでタップする――。

「えっ――」


【目を二重まぶたにする】【三年】


これって――？　整形ってこと？

これこそ私の願い事じゃないか？

いくら痩せたとはいえ、目は少しだけ大きくなったような気がする程度。それも、ほんの少しだ。

まぶたの脂肪がなくなったからだろう。

とてもじゃないけど、くっきり二重になることはない。

二重まぶたは、私の憧れだった。

でも――と思う。

その横の【三年】という、差し出さなければならない年数が引っかかる――わけじゃなかった。

三年で願いが叶うなら、安いものだ。

体重を寿命と引き換えに減らしていく段階で、金銭感覚ならぬ【寿命感覚】が麻痺《まひ》してしまった。

一年や五年とはいえ、目に見えて寿命の減りを実感するわけでもない。

本当に減っているのだろうか？とすら思う。

私が引っかかったのは、そこじゃない。

二重まぶたにするということは、整形したと触れ回っているようなものだ。

そんな度胸、私にはない。

いくらキレイになりたいからといって、そんな注目を浴びるようなこと、私にはできない――。

目立たないこと。

それをモットーに、学校生活を送ってきた。

目立ちさえしなければ、イジメのターゲットにされることもない。

息を潜め、個性を消して存在そのものを消し去る。

それが【ブス】の私が学んだ、生きる術だから。

「ねぇ、桃子。整形って、どう思う?」

結局、私は決断することができなかった。

あれだけキレイになりたい!!と願っていても、いざ顔を変えるとなると尻込みしてしまう。

慣れ親しんだ、私の顔。

そして、何よりまわりの反応が気になる。

桃子は眉間《みけん》に皺《しわ》を寄せると、逆に聞き返してきた。

「渚、もしかして整形したいの?」

「したいというか、キレイになりたいとは思う」

「顔を変えて?」

「それでキレイになれるなら私は――」

「私は嫌だな」

「えっ?」

「それは偽りだと思う。それで生まれる幸せも、私は偽りだと思う」

桃子の言葉が、胸に突き刺さる。

それじゃ、私が寿命と交換で痩せたのも偽りなんだ。

なぜか責めたてられているように感じ、腹が立った。

気づけば私は、言っちゃいけないことを言ったんだ。

「じゃ、じゃあ桃子は、一生その顔で生きていくの？　誰からも相手にされないその顔で」

私がそう言った瞬間、桃子の顔が悲しみに歪《ゆが》んだ。

謝らないと。

すぐに謝らないと‼

でも、言葉が喉《のど》に詰まって出てこない。

桃子が黙って席を立つ。

追うこともできずに、私はその背を見送った。

その後、私たちの友情が跡形もなく消え去ってしまうとも知らずに――。

家に帰ってからも、桃子の言葉が頭から離れない。

お昼は一緒に食べたけれど、二人とも無言だった。

ひどいことを言ったのはわかっている。

謝らなければいけないのも、百も承知。

それでも謝罪の言葉が出てこなかったのは、今の私を頭ごなしに否定されたようで、

どうしても許せなかった。

一番の親友というのなら、私の気持ちをわかってくれてもいいんじゃないか？

同じ【ブス】なのだから、私のキレイになりたい思いは痛いほどわかるはずだ。

それなのに偽りだなんて——。

だんだん、また腹が立ってきた。

キレイになりたいという気持ち、まわりを見返してやろうという気持ちに、偽りはない。

スマホを開く。昨日と同じままのページ。

願い事は更新されないまま、私を待っているようで。

【目を二重まぶたにする】【三年】

どれくらい眺めていただろう？

私は、変わりたい。

たとえ、まわりから注目を浴びたとしても。

大切な友人をなくしたとしても。

私は変わりたい。

生まれ変わりたい。

なぜなら。今の私が嫌いだから。

だから私は、願い事を叶えることにした——。

ギュッと目を閉じ、手探りで机の上の鏡を手にする。そしてゆっくり、本当にゆっくりとまぶたを開く。

寝起きの涙が頬を伝う中、私は新しい自分と対面した。

二重まぶたの私と。

ダイエットで余分な脂肪が取り除かれたこともあり、キレイな二重まぶたがそこにあった。

目元がすっきりとし、顔の印象がまったく違う。

「――キレイ」

思わず声が漏れた。

小刻みに震える指先で、まぶたを撫《な》でる。

自然と笑顔がこぼれたけど、まわりはどう反応するだろうか？

整形したと軽蔑《けいべつ》されるんじゃないか？

とくに桃子にとっては、裏切り行為に近い。

もう友達としての縁を切られるかもしれない。

「渚！　ご飯よ、早く起きてらっしゃい！」

お母さんの声が、ズキンと胸に刺さる。

そうだ、お母さんになんて言ったらいい？

痩せたから、そのおかげで二重になったと押しきるしかない。

できるだけ前髪をおろし、うつむき加減で食卓につく。

「早く食べちゃって、片づかないから」

「あ、うん」

返事をした時、お母さんとバッチリ目が合った。

しばらく見つめ合う。

「あ、あの、お母さん、これは、その、整形とかじゃなくて――」

「また痩せた？　食べ盛りなんだから、ダイエットとかやめなさいよ」

そう言って、お母さんはにっこり笑っただけだった。

まさか、気づいてない？

私は首をかしげながら、家を出た。


「おはよう」

朝の挨拶《あいさつ》が行き交う中を、メガネ姿の私はうつむき加減で足早に登校する。

伊達《だて》メガネだ。これで少しでも隠すことができたら――。

同じクラスの生徒を見かけると、とっさに顔を背けた。

教室についたけど、しばらく扉の前で佇《たたず》む。

からかわれるだろうか？

けれど、お母さんは気づかなかったから、もしかしたら——？

ゆっくり戸を引き、中に入る。

朝の何気ない空気が一瞬、張り詰めた——気がした。

わずかに視線を集めた時は、ドキンと心臓が跳ね上がったけど、みんなそれぞれの会話に戻る。

私の不自然なメガネや、その奥に隠された二重まぶたにも無関心なようで。

一つ息を吐き、席につく。

そうだ、忘れていたけれど、私は存在しないんだった。

この時ばかりは、クラスメイトとして扱われないことがありがたい。

私を唯一、友達と慕ってくれるのは桃子だけ。

謝らなければ。そして、新しい私を少しでも受け入れてほしい——。

「あっ、おはよう、桃子」

教室に入ってきた親友に声をかけると、桃子はギョッと目を見開いた。

心底、驚いている。

「あの、桃子、昨日は本当にごめんな——」

最後まで言い終わらないうちに、桃子は駆け出していった。

まるで、逃げ出すように。

やっぱりまだ怒っている。

それに加え、二重まぶたにした私に驚いたんだ。

すぐに追いかけようとしたけど、それをしなかったのは呼び止められたからだ。

「渚!!」

と――？

えっ？と振り返る。

このクラスの中で、私のことを名前で親しげに呼ぶのは、桃子だけ。

それ以外は、呼ばれもしない。

ここ最近、絵を通じて仲良くなった井沢さんでも『葉月さん』としか呼ばれていないのに？

「渚、おはよう」

その井沢さんが、私に言った。とても親しげに。

「あっ、おはよう！」

「ちょっと、伊達メガネ？　よく似合ってるよ」

「――ありがとう」

お礼を言いながら、まじまじと井沢さんを見つめる。

急に下の名前で呼ばれるほど、仲良くなっただろうか？

それに――井沢さんは、気づいてない？

急に私がメガネをしてきたのも、二重まぶたになったのにも、大きな反応がない。

「何？　私の顔に何かついてるー？」

「ううん、違うんだけど」

「今日の渚、なんか変だよ？」

話せば話すほど、違和感だけが大きくなっていく。

やがて、その違和感の正体がはっきりした。

井沢さんの言葉によって――。

「篠田さんと何を話してたの？　友達でもないのに」

「えっ⁉」

驚いた私の声は、かき消されてしまった。

井沢さんたちグループの賑《にぎ》やかな話し声に。

「渚、伊達メガネなの？」

「確か視力よかったよね？」

「かわいいじゃん」

これまでまったく喋ったことのない井沢さんグループの女子たちから、矢継ぎ早に声をかけられる。

井沢さんならわからなくもない。

少し会話をするようになっていたから。その井沢さんも、なんだか距離が一気に近くなって馴《な》れ馴れしい。

そしてなぜだか私は、グループの一員として迎えられていた。

これまでずっと、そうだったように――。

「渚!!　何してんの？　早くこっちおいでよ」

お昼の時間、いつもなら桃子と教室の隅っこに移動し、肩を寄せ合ってお弁当を食べるのに、今日は井沢さんに明るく手招きされる。

すでに桃子は、一人で隅に移っていた。

私を待つでもなく、かといって寂しい表情でもなく、ただ一人で黙々と食べている。

そんな桃子のことをしばらく見つめていたけど、諦《あきら》めて井沢さんたちグループの中に入った。

「なに見てたの？　篠田さん？」

井沢さんに聞かれたけど、どう答えていいかわからない。

「いっつも一人で食べてるよね。私は誘ってもいいんだけど、ここに誘うとブスがうつるって、みんなが嫌がるから」

これにも、返す言葉が出てこない。

いったいどういうことだろう?

私はそれからも、ずっと桃子のことを気にしていた。

その桃子は変わらず、私を気にしている素振りはない。

私は今日一日を井沢さんグループとして過ごした。

途中から伊達メガネを外しても、私が二重まぶたになっていることを怪しむ人は誰もいない。

だから、一つの結論に達したんだ。

私は【HAPPY SCHOOL】のアプリを使って痩せた。

一キロ、五キロ、五キロと。

この時点でかなり体重は落ちたのに、私のまわりは何も変わらなかった。

けれど【目を二重まぶたにする】という願い事を叶えた時、目に見えて私は変わったに違いない。

それに伴って、私の周囲も変化する。

つまりは、人間関係。

それまで桃子しか友達がいなかった私は、井沢さんグループに【昇格】したんだ。

だから桃子は、私を見ても無反応だった。

ギョッとしたのは、私が話しかけたからだ。友達でもなんでもない私が、いきなり話しかけたから、びっくりして教室を出ていった。

もしそうじゃないなら、二重まぶたにした私に詰め寄ってくるはず。

私自身のランクが上がり、付き合う友達のレベルも上がった――。

放課後、桃子が、足早に私の前を横切った。

いつもなら二人でゲーセンにでも寄るところだけど、一人で帰っていく。

「あっ――」

「渚、カラオケ行くでしょ？」

井沢さんに誘われ、思わず伸ばしかけた手を引っ込める。

桃子には悪いけど、私は変わった。

友達を選べるほどに。

そして――。

まだまだ上へ、のし上がれるはずだ。このアプリさえあれば。

階段を駆け上がる

「おはよう！」

明るい声でみんなに挨拶をする。

少しくらい注目を浴びたって、私はもう怖くない。

私は変わったんだ。

十キロ以上のダイエットと、コンプレックスだった目を整形したからじゃない。

もちろんそれがキッカケではあるけれど、湧《わ》き上がってくる自信が、私を大きく変えた。

いつも伏し目がちで、人の目に入らないよう体を丸めて、話す声も小さかった。

私はここにいないのだと。

まわりが私をいないものだと扱っていたんじゃない。

自分に自信のない私自身が、私というものを消し去っていたんだ。

「今日、モールに行かない？」

井沢さんが当たり前のように私を誘う。

「行く行くー!!」

笑って答えてから、チラッと桃子を見る。

机に覆《おお》い被《かぶ》さって、ゲームでもしているようだ。

「見るのやめなよ、ブスがうつるから」

井沢さんグループの誰かが言った。

それを引き金に、嫌な笑い声が広がっていく。

ビクッと桃子の体が震えたのがわかった。きっと今、桃子は笑い声しか聞こえていないだろう。

こうやって、私たちは嘲笑《ちょうしょう》の対象だったんだ。

桃子には気の毒だけど、私は二度とそこには戻りたくない。

そのためだったら、何年だってくれてやる。

それなのに、あれから願い事は更新されていない。

体重が合計で十一キロ、二重まぶたと合わせて、寿命を【十四年】浪費した。

まさか、もう寿命が尽きたわけじゃないわよね？

まだまだキレイになるには足りない。

もっともっとキレイになって、カーストのてっぺんまで登りつめたい。

それでこそ華やかなスクールライフじゃない？

井沢さんたちとモールで遊んでいても、どこかに物足りなさを感じ、暇を見つけてはアプリを開いていた。

その時、スマホが震えた。

もしかしたら？

はやる気持ちを抑え、祈るように画面を見る。

【新しい願い事が追加されました】

どうやら、祈りが通じたようだ。

なんだっていい。

どんな願い事だって、すぐに叶える。

今度はなんだ？

鼻か？　口元か？

もう少し痩せたいし、背丈も欲しいところだ。

願いは尽きない。

それを一個ずつなんて、かったるい。

指先を動かし、新しい夢の扉を開く。

ところが――。

そこに待っていたのは【私】だった。

【葉月渚】と名づけた私が、セーラー服を着ている。

いつものトップ画面だけど、最初のころより数段、細くなっていた。

目もぱっちりしている。

にこやかに学校生活を送る、私のマスコット。

これのいったい、どこが願い事なのだろう？

不思議に思いつつ、人差し指で触れてみる。

私が触れたのは、鼻の辺りだった。

すると――。


【鼻を高くする】【三年】


「うそっ!!」

思わず大きな声を出してしまい、井沢さんたちが振り返る。

「ご、ごめん!!　ちょっと急用ができたから帰るね」

そそくさと、その場をあとにした。

家に帰るのももどかしく、モールの個室トイレに飛び込む。

今度は口元に触れてみる。

【唇を厚くする】【一年】


「やっぱり、間違いない」

私は確信した。

自由に選べるようになっている。

その脇には【体重】と【身長】のプロフィールが表記されており、これもまた自由にスクロールできるようになっていた。

ということは——身長も高くできるんだ。

好きなキャラをカスタマイズするように、私も変身させることができるということ。

「やった、これでもっとキレイになれる」

叫び出したい気分だ。

歓喜の叫びを。

それでも叶えることのできる願い事は、一日につき一つだけ。

すぐ家に帰り、鏡の中の自分を眺めながら私は吟味《ぎんみ》する。

やっぱり次は【鼻】だ。

上を向いた団子っ鼻が、ずっと嫌だった。

これを高くすれば、もっとキレイになれるはず。

【鼻を高くする】【三年】

ためらいは何もない。私は爪の先でタップする。

【願い事を承りました】

楽しみで、なかなか寝つけなかったけど、翌朝、目が覚めると飛び起きて鏡で確認する。

鼻が、スーッと高くなっていた。

それと同時に、目元が引っ張られて大きくなっている。

おそるおそる触っても、なんの違和感もない。

本来の整形のように、中にシリコンを入れて高くしたわけじゃないんだ。

もともと、そうであったかのように、私は生まれ変わった。

「おはよう、渚」

井沢さんに声をかけられるのも、もう当たり前に感じられる。

戸惑っていた私は、もういない。

まわりを見回しても、井沢さんたちのグループの中で、私が一番キレイでスタイルもいいんじゃないか？

そろそろ、ここから巣立つ時が来るはず。

【唇を厚くする】【二年】
薄っぺらい唇は、なんだか幸が薄いようで嫌いだった。
女子は唇が印象的なほうがいい。
グロスで光らせ、あひる口でもすればそれだけでかわいく見える。
目、鼻、口、これでひととおり揃《そろ》った。
顔のバランスがようやく整った気がする。
登校前、ずっと憧れだった薄いリップをつけてみる。
こうして鏡の前でメイクするのが楽しいなんて、今までじゃ考えられなかった。
「行ってきまーす!!」
もう私は、下を向かない。
前を向いて、空だって見上げる余裕があるんだ。
鼻歌をうたいながら、教室に入る。
いつものように、井沢さんたちに「おはよう!!」と声をかけた。
ところが、井沢さんたちは絶句している。
一瞬、整形がバレたのかと固まってしまったけど、私はすぐ気づいた。
井沢さんたちの表情は、あの時——桃子がギョッとした顔と同じ。
もしかして?

もしかして私は、とうとう桜庭さんのところまで？

「おっは、渚」

「えっ？」

「何びっくりしてんのよ？　武内《たけうち》が三浦《みうら》に告ったの知ってる？」

そう私に耳打ちしてきたのは、柴田《しばた》さんだった。

柴田さんは見た目も言動もギャルで、一大勢力を築いている。

カーストでいうなら、上から二番目。

その上に君臨するのが、桜庭さんだ。

あと一歩。

あと一歩で、頂上だ。

ここでさらに【十キロ】痩せることにした。

全盛期から二十一キロも痩せたことにより、脂肪がなくなった。

顔まわりの贅肉《ぜいにく》が落ち、目鼻立ちのバランスもいい。

とても自然な仕上がりだった。

「おっはー!!」

柴田さんは底抜けに明るいけど、私が教室に入って一番に意識するのは、桜庭さん。

今日こそは、今日こそは桜庭さんと挨拶をかわすことができるんじゃないか？

そして遂に、桜庭さんグループに入ることができるんじゃないか？

そんな淡い期待とともに登校するけど、すぐにそれは打ち砕かれる。

桜庭さんのまわりにたむろするのは、モデルとして活躍している青木美奈《あおきみな》や、学校一のお嬢様である桂木《かつらぎ》優衣らサラブレッドばかり。

どれだけ私が日々、進化をしても、まだ足元にも及ばない。

それでも私は諦めない。

このアプリがある限り、這《は》ってでも【あそこ】にいってやる。

キレイになって這い上がってやる‼

今日はどこをキレイにしようか？

あそこに近づくのには、どうすればいい？

どうすれば――？


【エラを削る】【二年】

【目頭を切開する】【一年】

【歯並びを揃える】【二年】

【歯を白くする】【二年】

【五キロ痩せる】【五年】

もう誰も、私を笑う奴《やつ》なんていない。

こんなにキレイに生まれ変わったんだ。

外見が変わると、表情まで豊かになるのを実感する。

人は外見より中身という。

中身の人間性が顔に現れると。

でもそれなら、逆もあるはず。

外見から生まれる自信が、心まで優しくするんだ――。

向こうから、桃子が歩いてくる。

すでに私に気づいているのに、気づかない振りで足元を見ながら小走りに廊下をやってくる。

私もあやって、下を向いていたんだ。

「篠田さん、おはよう」

あえて声をかけると、篠田さんは「えっ!?」と顔を上げ、少しはにかんで「おはよう」と言った。

小さな声だったけど、それだけでとてもいいことをしたような気分になる。

絶対的優位だ。

自分より下の人間を、優しく見おろすことができるんだ。

けれど次の瞬間、私が見おろされる番となった。

向こうから、桜庭さんが歩いてくる。

ひょっとしたら——？

挨拶をされるんじゃないか？

「渚」なんて気安く声をかけ、腕を取られて教室まで一緒に行くなんて、そんな夢に見ていた場面に出くわすのではないか？

桜庭さんは、すぐ目の前だ。

一瞬、目が合ったような気がする。

きっと、きっと今日こそは——。

スーッと桜庭さんが通りすぎる。文字どおり、私を見下しながら。


その日、家に帰った私はスマホを手に固まっていた。

ここまでしても、まだ私は桜庭さんの眼中にいない。

見おろされてすれ違った時に、それがわかった。

でも、もう一つわかったことがある。

どうすればいいか。

どうすれば桜庭さんを振り向かせることができるか。

それは簡単な話だ。

そう、見おろされなければいい。

同じ目線、もしくは桜庭さんより高くなればいいんだ。

私が一五五センチで、それに対して桜庭さんは一七〇センチもある。

いくら私が痩せたとはいえ、それだけじゃダメだ。

握りしめていたスマホの画面を見る。

【十センチ伸ばす】【十年】

これで完全に、追いつくはずだ。

でも――。

これまでのように、すぐにタップできない自分がいた。

【十年】

一気に寿命を十年も差し出さなくてはならない。

はっきり数えていないけど、これまでに結構な年数を引き換えにしたはず。

おそらく三十年は軽く超えている。

もし本当に【課命】が命を課すことなら、もう私に残された寿命はあまりないいんじゃないか？

長く生きることを選ぶ？

今を華やかに生きる？

答えは――決まっている。

一六五センチ、五十六キロ。

もう少し体重を減らしてもいいけど、かなり理想的な体形になった。

腰がくびれ、つまめる脂肪すらもうない。

背が伸びたこともあり、体全体の均等も取れている。

顔の小ささが目立ち、誰の目を惹《ひ》きつけても不思議じゃない。

つまり私は――とてもかわいい。

そうなると相乗効果で、細かいオシャレにも気をつけるようになった。

髪形を工夫したり、カラコンを入れたり、制服をイジッてみたり、オシャレできることが何よりうれしい。

学校に向かう。

いつもとなんだか景色が違うのは、目線が高くなったからだ。

少し身長が伸びるだけで、こうも見える景色が違ってくるなんて。

どこか清々《すがすが》しい気分で、教室に入る。

柴田さんに向かって軽く上げた手を、私は引っ込めた。

柴田さんが私を見る目に【敵意】が含まれていたからだ。

私はまた一つ、階段を上った。
でも、この上は――？
もう頂上しかないんじゃないのか？
その【てっぺん】のほうを見やると、バッチリと桜庭さんと目が合った。
桜庭さんがにっこりと笑う。
「渚、おはよう」
そして、彼女はそう言った。
そう言ったんだ――。

リアルガチャ

ここは雲の上だ。
下界とは空気の質が違った。
誰もが私たちを見上げている。
虎視《こし》眈眈《たんたん》と、私を引きずりおろそうとしているんだ。
つねに注目を浴びているといってもいい。
「渚、また痩せた？　ご飯ちゃんと食べてる？」
私を気づかってくれる読モの美奈は、ほぼサラダしか食べない。
体型維持に余念がなく、プロ根性を感じる。
「今度の休み、うちの別荘に泊まりに来ない？」
優衣が口にすると、『別荘』という言葉も嫌味に聞こえないから驚きだ。
財閥のお嬢様である優衣は、持っているもののすべてが一流だった。
そんなカースト上位二人の、さらに上に君臨するのが、桜庭朋美だ。
モデルでもなく、家がお金持ちでもないのに、桜庭さんが頂点に居座るには理由がある。

【華】だ。

生まれ持った才能とでもいうのか、絶対的な華があった。

私たちがいくら努力しても勝ち目のない、圧倒的な力。

「渚も行くでしょ？」

「えっ？　あ、うん」

今でも時々、桜庭さんに話しかけられるとポーッとしてしまうことがある。

私も努力は怠らない。

ここから弾《はじ》き出されないよう、足を引っ張りおろされないよう、毎日毎日【課命】している。

毎日、命と引き換えに華やかさを買っているんだ。

華麗なるスクールライフを送るために。


【胸を大きくする】【一年】

私の胸は今や、はちきれんばかり。

男子の視線を一手に浴びるほどだけど、これにはわけがある。

「朋美、今度みんなで遊園地行かねーか？」

「いいけど」

「俺らも何人か誘うから――葉月も行くだろ？」

三鷹くんが、私に聞いた。

「うん、行く」

「絶叫系とか平気？」

「私は平気」

「うっしゃ、なら決まりな。朋美は苦手だから、俺と乗ろうぜ」

「うん」

私は頷《うなず》いた。

三鷹くんが、私に話しかけ、私に笑いかける。

雲の上の存在だった、三鷹裕也。

同じく雲を掴み取った私にとっては、かけがえのない存在だった。

桜庭さんグループには、男子カースト上位の三鷹くんたちサッカー部が、磁石のようにひっついている。

その男子たちが話していたのを耳にしたんだ。

胸の大きい女子がタイプだと。

だから胸を豊満にしてみたけど、今のところ三鷹くんの目に留まることはない。
それもそうだ。
三鷹くんと桜庭さんは、付き合っているから。
最近付き合い始めた二人は、誰の目から見てもお似合いのカップルだ。
私がつけ入る隙《すき》なんかない。
今の私には、だ。
だって私には、このアプリがある。
なんでも願いを叶えることができる、神のアプリが。
【三キロ痩せる】【三年】
さらに三キロ減らし、五十三キロまで落とした。
これで桜庭さんと、ほぼ同じ。あと身長を五センチ高くすれば、まったく同体形。
いや、胸は私のほうが大きい。
これで一歩、桜庭さんに近づいた。
三鷹くんが好きな、桜庭さんに――。
けれど、もう願い事があまりなくなってきた。
これ以上、直す箇所がないんだ。
動かせるのは、身長と体重の欄だけで、他はおおかた叶えてしまった。

美奈にメイクを教えてもらったり、優衣にブランド品を安く譲ってもらったりと、頑張って見た目に気をつかってみるものの、あまり効果はない。

やっぱり、なに一つ直してもいない桜庭さんに勝つなんて、無理な話だ。

その桜庭さんを好きな三鷹くんを、私に振り向かせるなんてこと——。

ブルッ。

スマホが震えた。

【願い事が追加されました】

何か新しいカスタマイズができるのだろうか？

でも——手を加えるところが、もうないけど？

私自身をいくら手直ししたって、三鷹くんは振り向いてくれない。

半ば諦め気味にアプリを開く。

するとそこに、今まで見たこともないものが現れた。


【ガチャを一回引く】【一年】


画面には、大きなガチャガチャの容器が左右に揺れていた。

中には色とりどりのカプセルが詰まっており、一回引けるようになっている。

スマホゲームに、よくあるシステムだ。

中には、レアなカードを引けたりもする。

この場合は【一年】で一回引けるということか——。

でも、引いてからでないと当たりかどうかわからない。

ゲームではだいたいがハズレで、レアを引くことは稀《まれ》だ。それに寿命を一年も使うのは、少しためらわれる。

いったい、カプセルの中には何が入っているのか？

おそらく、整形の類ではないはずだ。

それじゃ、何が——？

これまでもこのアプリは、私の願いを叶えてくれた。

地味でデブでブスな私。

存在すらしていなく、息を押し殺して学校生活を送っていた。誰も私なんか見ていないのに、まわりの目ばかりを気にして、自信のカケラすらなかった私。

この【HAPPY SCHOOL】と巡り合い、どんどん見た目がキレイになり、それにつれて劇的に変わったんだ。

華やかなスクールライフを、私は送ることができた。

後悔なんかしていない。

たとえ寿命がなくなっても、私はまだまだ変わる。

だから、ガチャを引いた――。

【好きな男子と手を握る】


それは放課後だった。

一日中、ずっとドキドキしていて、授業もまったく耳に入らない。

ずっと三鷹くんを遠くから見ていたけど、それらしいことは何もなく――ガチャは
なんの効果もないの？

不審に思いながら、校門を出た時だった。

「葉月、ちょうどよかった。これ、朋美たちに渡しといてくんねー？」

三鷹くんに呼び止められる。

三鷹くんは、サッカーのユニフォーム姿で小脇にボールを抱えていた。

「これって、遊園地のチケット？」

「そう。今度の日曜な。葉月も来れるだろ？」

「うん、行く」

頷いて、差し出されるチケットを受け取る。

三鷹くんと二人きりで話せることがうれしくて、私の頭から【ガチャ】を引いたこ

とはキレイさっぱり消えていた。

その時、ひゅーっ、と風が吹く。

「あっ‼」と声を上げた時には、大事なチケットが飛んでいった。

せっかく三鷹くんと一緒にジェットコースターに乗れるチャンスだ。

慌ててチケットを拾おうと手を伸ばした時、ちょうど三鷹くんも拾おうと手を伸ばしたんだ。

私たちの手が一瞬だけ、重なり合う。

【好きな男子と手を握る】が、叶った瞬間だった。

たとえアクシデントだったとしても、私は三鷹くんの手の温もりを忘れない。

そしてそれを、ひとり占めしたいと強く願った。

だけど【ガチャ】はハズレも多い。

【お弁当が好きなおかず】

【晴れる】

【先生の質問に答えられる】

など、どうでもいいものばかり。

しかも願い事と違って一日に何回でも引けるため、くだらない願いだけが積み重ねられていく。

バカみたいに【一年】がなくなっていくだけだ。
でも引かずにはいられなかった。
いつか貴重な願いが当たるはず。
究極のレアガチャを引き当てることができるはず。
わずか数秒で一年という寿命を失うにもかかわらず、私は引き続けた。
ガチャガチャを回し、カプセルを買い続けたんだ——。
【好きな人と手を握る】
まただ。また手を握るの？
三鷹くんに触れられるのはうれしいけど、少し物足りない。
私は続けてガチャを引いた。
そのカプセルの色は、これまでより光り輝いている。
【好きな人と抱きしめ合う】
ようやく引き当てた。
三鷹くんと抱き合えるなんて——。
あの大きな胸の中に、すっぽりと包まれる？
これはきっと偶然なんかじゃない。
チケットを拾った時とは違って、私だという認識があった上でギュッと抱きしめられるんだ。
　きっとそうに違いない――。

　私は目一杯、オシャレをしていた。

　だって、三鷹くんにハグされるんだ。おかしな格好はできない。

　桜庭さんも、美奈も優衣も、それぞれが着飾っている。三鷹くんたち男子も、いつもの学生服やユニフォーム姿とは違い、大人っぽい印象だった。

　私たち女子は四人、男子も四人で必然的にカップルとなる。

　もちろん、三鷹くんは桜庭さんの隣だ。

　私の横には、サッカー部の南《みなみ》くん。隣のクラスだけれど、南くんのことは知っている。さすがゴールキーパーとあって、まだ中三なのに身長が一八〇センチ近い。

「渚って呼んでいい？」

　親しげに話しかけてくる南くんに、悪い印象はなかった。

　でも、私の目には前を行く三鷹くんの背中しか映っていない。

　突然、三鷹くんが振り返った。

「葉月」

　そして、名前を呼ばれ手招きされる。

急いで駆け寄ると、いきなりジェットコースターに乗ると言う。絶叫マシーンが苦手な桜庭さんの代わりに、私が隣に乗ることになった。

「マジでワクワクする‼」

コースターがゆっくり空に向かって登る途中で、三鷹くんは子供のようにはしゃぐ。

「怖くないの？」

「なんだよ、葉月、こえーの？」

「こ、怖くない！」

「んじゃ、手を上げたまま乗ろうぜ‼」

そう言って、三鷹くんは私の手を掴んだ。

そのまま両手を上げる体勢で、一気に下る。

悲鳴を上げながらも私は、三鷹くんの手を絶対に離しはしなかった。

【好きな人と手を握る】が、また叶ったんだ。

それからも乗り物をひととおり楽しみ、お昼になった。

三鷹くんとはあれきりで、今は桜庭さんと楽しそうにご飯を食べている。

「はい、コーラ」

ノッポの南くんは、何かと世話を焼いてくれる。

こんなに男子に優しくされたことは、これまでない。

「ありがとう」

笑顔でカップを受け取ろうとするけど、次の瞬間、取り落としそうになった。

「渚はさ、裕也のことが好きなの？」

「えっ⁉」

「いや、なんかそんな気がしたから。でも、裕也はやめといたほうがいいよ」

「えっ——なんで？」

「いや、いろいろとさ」

なんだか含みがある物言いに、少しイラッとした。

誰がどう見ても、私より桜庭さんとお似合いなのはわかっている。

そう言われたような気がして、黙り込んだ。

気まずい。

でも、私は今から三鷹くんと抱き合うんだ。

私のことを抱きしめてくれるはず。

「渚、お化け屋敷に行くよー！」

美奈の誘いに飛びつく。

三鷹くんを悪く言うような人とは、仲良くしたくない。

美奈と腕を組んで、私たち一同は恐ろしいお化け屋敷に入ったのだった。

女子がきゃーきゃー悲鳴を上げる。

大袈裟《おおげさ》に怖がって、隣の男子の腕にしがみつくんだ。

とはいっても、先頭を行くのは三鷹くんと桜庭さん。

私は美奈と抱き合って、真っ暗闇を進んでいく。

時折、飛び出してくるお化けに驚きつつ、さっきの南くんの言葉を思い出していた。

どこか憐《あわ》れむように、裕也はやめろと。

それはたぶん、三鷹くんがモテるからだ。恋人があの桜庭さんだと知っていても、告白は絶えないという。

そんな気苦労を思ってのことだろうか？

それでも私は、三鷹くんが好きだ。

彼と付き合えるなら——。

「きゃっ!!」

後ろから追いかけてくるリアルなお化けに大きな悲鳴を上げた時、グッと強く抱きしめられた。

「朋美、大丈夫か？」

「えっ、私は——」

「なんだ、葉月か。なんかみんなとはぐれてさ」

「そ、そうなんだ」

「あ、わりぃ」

慌てて体を離そうとした三鷹くんの腕を、気づけば私は掴んでいた。

「もうちょっと、もうちょっとこのまま」

震える声を振り絞って言った。

すると——再び、強く抱きしめられた。

アクシデントでもなんでもない、私だとわかっていて三鷹くんは抱きしめてくれたんだ。

強く、とても強く——。


【好きな人に告白される】

それからすぐのことだった。

私がレアガチャを引き当てたのは。

これはもう間違いない。

私の好きな人——三鷹くんに告白される。

これこそ、もっともレアで貴重なガチャだ。きっと、桜庭さんに飽きたか、この間の遊園地——お化け屋敷で抱きしめ合った時から、私を意識し始めたんだ。

だから授業が始まっても、三鷹くんを目で追ってしまう。

いったい、いつだろう？

休み時間？　放課後？

告白を今か今かと待ち構えているうちに、下校時間になった。

三鷹くんはさっさと教室から出ていってしまう。

これからサッカー部の練習なんだろう。

しかし、その時はいきなりやってきた。

「葉月、ちょっといいか？」

出ていったはずの三鷹くんが、教室の入り口から私を呼んでいる。

間違いない。

とうとう告白される時が来た！

桜庭さんには悪いけど、私のほうが三鷹くんを幸せにできる。

絶対に!!

今にも破裂してしまいそうな胸の高鳴りを抑え、笑顔で駆け寄った。

三鷹くんはストレートに言う。

『好きだ』

『私もずっと前から好きだった』

少しはにかんで、そう答えよう。

告白シミュレーションを脳内で完成させた私は、彼の胸に飛び込まんばかりに教室を出た。

「じゃあな」

なぜか三鷹くんが、軽く手を上げて行ってしまう。

代わりに私を待っていたのは——。

「俺と付き合ってください!!」

南くんは、そう言って勢いよく頭を下げた。

校舎裏。

隣のクラスの南くんは、私を呼び出すのを三鷹くんに頼んだんだ。

私がやってくると、用は済んだと言わんばかりに三鷹くんはさっさと練習に行ってしまった。

この時点で何かおかしいと思ったけど、なんだか緊張している様子の南くんを見ているうちに、これまで恋愛とは無縁の私も察しがついた。

ガチャを引いた【好きな人に告白される】とは、私が好きな人という意味じゃない。

【私のことを好きな人に告白される】という意味なのだろう。

がっかりを通り越して、腹が立ってきた。

生まれて初めて男子に告白されたというのに——。

「ごめんなさい」

素気なく答えると、南くんが頭を上げる。

その顔は苦痛に歪んでいた。

「やっぱり、裕也が好きなんだ？」

「それは——」

「あいつ……裕也はやめたほうがいい。前にも言ったけど、裕也なんかより俺のほうが渚を——」

「三鷹くんを悪く言わないで!!」

大きな声で南くんを遮った。

聞きたくない。

聞きたくない、好きな人の悪口なんて。

「私は三鷹くんが好きなの!!　誰がなんと言おうと好きなの!!」

誰がなんと言おうと。

誰がなんと言おうと、好き。

誰がなんと言おうと、付き合いたい。

誰がなんと言おうと、どんな手を使っても——。

足りない命

【雨が降る】
【席替えでいい席に替わる】
【ジャンケンに勝つ】
【机を運んでくれる】
【教科書を忘れる】
【上履きがキレイになる】
【ジャージが破れる】
【転ぶ】
【保健室で休む】
【校長の話が長い】
【図書委員になる】
【全校集会中止】
【自転車が盗まれる】

【自転車が見つかる】

【パンクする】

どうでもいい!!

ホントどうでもいいカスばっかり!!

ガチャを回して、なんの変哲もないカプセルが出てくるたび私は発狂しそうになる。

こっちは寿命の一年を差し出しているんだ。

ものの数秒で一年が泡となって消える。

ハズレの中には転んだり、自転車を盗まれたりと、これまでなかったマイナス要素も。だから余計に、意地になって引いてしまう。

それで【玉ねぎが好きになる】なんて出てきた日には、スマホの画面を叩き割ってやりたくなる。

鼻息荒く、その日のお弁当を食べた。

豆腐ハンバーグの中に私の嫌いな玉ねぎが入っているのだろうけど、なかなかおいしかった。

そういえば、いつも玉ねぎが入っていると、桃子に頼んで食べてもらったものだ。

その代わり、桃子の嫌いなニンジンを私が食べた。

地味だけれど、それはそれでどこか楽しかったのを思い出す。もうはるか、ずっと昔のことのように感じながら、桃子を見た。桃子は相変わらず隅っこで――。

えっ――⁉

なぜか井沢さんたちのグループに入っている。

あれだけ『ブスがうつる』と毛嫌いしていたのに、今はみんなで楽しそうに喋っていた。

顔や体を変えなくても、何かの拍子でそこから抜け出せるのか。まぁ、そこ止まりだろうけど、桃子が楽しければいい。一人にしてしまった責任を感じていたし。

それより――。

私がふと思ったのは、別のこと。

物事でもなんでも、うまくいっていない時は何をしてもうまくいかない。

そういう時は、視点を変えるんだ。

「ねぇ、朋美」

私は桜庭さんに声をかけた。

ようやく、下の名前を気軽に呼べるようになったんだ。

「何？」

『悪いんだけど、三鷹くんと別れてくれない？』

なんて言えるわけがなく、代わりに私はスマホを差し出した。

朋美が画面を覗き込む。

「よかったらガチャ、回してくれない?」

「なんかかわいいね。渚、こんなのやってるんだ?」

「うん、そこそこ面白いよ。でも自分で何度やってもハズレしか出てこないの。だから代わりにやってみてよ」

そう言って、スマホを押し出す。

桃子ともよくやっていた。

すると不思議なもので、レアガチャが出ることも結構あった。

「私、クジ運悪いよー」

なんて言いながら、朋美は興味津々な様子。

キレイに手入れされている爪が、画面を優しく叩く。

がちゃり。

ガチャが回り、カプセルが出てきた。

これまでの色とは異なった、妖《あや》しい光沢を放っている。

当たりだ。

でもそれは、朋美にとってのハズレになる。

つまり朋美は、本当にクジ運が悪かったんだ——。

【桜庭朋美と三鷹裕也を別れさせる】

「何かいいの出たの？」
「えっ⁉　な、なんでもないよ‼」

スマホを覗き込もうとした朋美を間一髪、押しのけた。
だって、こんなの見せられるわけがない。

朋美は口を尖《とが》らせていたけど、優衣に話しかけられてすぐに興味を失ったようだ。
私はその場を離れ、女子トイレの個室に飛び込む。
宝物を包み込むようにしていた両手を、ゆっくりと開く。
画面が、これまでにない黄金の輝きを放っている。
間違いない。
究極のレアガチャを引き当てたんだ。
桜庭朋美と三鷹裕也という、個人名も出ている。
これで二人は別れるはず。
お似合いのカップルが、破局を迎えるんだ。
そしてその後釜《あとがま》――ううん、私が三鷹くんの彼女になる。
思わずスキップをして教室に戻ると、何やら空気がおかしい？

「渚、大変なの」

優衣は目に涙を溜めて、私を見上げた。

その隣では、朋美が肩を震わせうなだれている。

「——どうしたの？」

尋ねてみたけど、もう答えはわかっていた。

まさか、こんなに早く？

「裕也と別れたんだって」

代わりに答えたのは美奈だった。

二人は両側から泣いている朋美の肩を抱いて、励ましている。

「朋美、なんでも話して。私は朋美の味方だから」

私も、ちょっと悲しげに言ってみる。

腹の中で高らかに笑いながら——。


桜庭朋美と三鷹裕也が別れた。

世紀の美男美女カップルの破局は瞬く間に学校中に知れ渡ることとなり、にわかに騒がしくなる。

すると、ここぞとばかりに三鷹くんにすり寄る女子で溢《あふ》れ返り、いつも彼のまわりには人だかりが。

中には見え透いた色目を使ったり、ストレートに告白したりするツワモノ女子もいたけど、今のところ三鷹くんのおメガネに適う相手はいない。

ていうか、いてもらっては困る。

二人が別れたのは、私のおかげだ。

私の寿命と引き換えに、くだらないどうでもいいガチャを回し続けて当たりを引いたんだ。

彼の隣におさまる権利は、私にだけある。

「元気出して。いつでも話を聞くから」

けれど、三鷹くんには、そう言って励ました。

ここは、引くことにしたんだ。

相手が弱っているところをガシガシ責めるのは、逆効果だと思ったから。

そばに寄り添い、相談に乗り、いつしかお互いを意識する――なんてドラマのような、それでいて自然な流れがいいと思った。

別れが不自然だったから尚《なお》のこと、そういった流れは大切にしたい。

けれど、その私の判断が裏目に出ることになる。

「三鷹くん、優衣と付き合うらしいよ」

美奈の言葉に、耳を疑った。

あり得ない。

私がしおらしい女子を演じて控え目にしていた隙に、優衣がアプローチしていたなんて――。

ずっと、三鷹くんのことを狙《ねら》っていたに違いない。

朋美と別れさせたのは、この私だっていうのに!!

目の前の手柄を横取りされたような気がして、腹が立って仕方がない。

今も二人は仲良く笑い合っている。

奥歯をぎりぎりと噛《か》みしめるけど、どうしようもない。

二人の仲を再び、引き裂くしかないの?

そんなレアなガチャが出るだろうか?

朋美と別れさせるまで、いったいいくつのカプセルをムダにしたことだろう。

運よく引き当てられるわけがない。

だけど、やるしかない。

私が三鷹くんと付き合うには、それしか手がないのだから。

急いでスマホを開き、ガチャを回そうと――。

えっ⁉

「――ない」

ガチャガチャがなくなっている。

そんな、バカな。

もう引けないだなんて。それならもう、三鷹くんと付き合うのを諦めるしかないの？　優衣と付き合うのを、指をくわえて見ているしかないというの？

その時、ふといつもの項目を見つけた。

【新しい願い事が追加されました】

すぐにタップする。

【三鷹裕也と付き合える】【十年】

――きた。

とうとう、きた。

起死回生の大逆転だ。

スマホを両手で挟み込み、胸に押し当てる。

これは間違いようのない、完璧な願い事。

【十年】を差し出せば、私の一番の望みを叶えることができる。

「もう、裕也のいじわるー！」

優衣が猫なで声で絡みつく。

いったい、どんな神経をしているんだ？

朋美がそばにいるのに三鷹くんに甘えるなんて。

それに――朋美もどうして文句を言わないのだろう？

泣いていたのはその日だけで、もう三鷹くんがいないものだという感じだ。別れたとはいえ、その成り行きまではわからない。どうして別れたのか、どちらが切り出したのか？

まぁ、なんにしろ、優衣の天下はもう終わる。

ほくそ笑んだ私は、【三鷹裕也と付き合える】に静かに触れた――。

「ん？」

なぜか弾かれてしまった。

もう一度、今度はしっかり指先を押し当てる。


【寿命が足りません】

寿命が、足りない？

この願い事を叶えるのは【十年】だ。これって、私の寿命はあと【十年】もないということ？

嘘よ、そんなの嘘。

私まだ十五歳なのに？

十年以内に死ぬなんて、あり得ない。

いや、でも――。

いったい、これまでいくら【課命】した？

自分でも覚えていないくらい、命を使い果たした。

この地位まで上りつめるために、自分が生まれ変わるために、惜しみなく命を差し出したじゃないか。

整形だけで、ゆうに【四十年】だ。

それからガチャを引いた。

数えきれないくらい引いた。

三十回として【三十年】。合わせて【七十年】の寿命と引き換えに、私はこうしてここにいる。

ましてや、あと一歩で三鷹くんと付き合えるのに、その願いが叶えられないなんて。

あと十年。

それは余命宣告と同じで、重く肩にのしかかってくる。

あと十年――?

でもそれって、この願い事を叶えるには足りないというわけで、もしかしたら、それ以下ってこともあり得るんのでは?

そう思いたった私は、マイページに移行した。

体重の項目を選択する。

とりあえず【五キロ痩せる】【五年】を選んでみた。

ところが、弾かれた。

【寿命が足りません】

「五年⁉」

思わず声が漏れる。

十年じゃなくて、五年?

いや、待って。

【一キロ痩せる】【一年】を選んでみる。

まさかこれも弾かれるなんてことは――?

【寿命が足りません】

そんなバカな。
たった一年だというの？
もう私に残された命は【一年】だと？
いや、まだだ。
まだもっと少ない可能性がある。
自分の体中を指先で細かく触り続け、それらしい項目を探す。
【まつ毛パーマをかける】【半年】
わずかに震える指で押してみる。
【寿命が足りません】
【足の毛を脱毛する】【三ヶ月】
押した。
【寿命が足りません】
【視力を〇・二上げる】【二ヶ月】
押す。
【寿命が足りません】
【視力を〇・一上げる】【一ヶ月】
【寿命が足りません】

【三十本増毛する】【半月】
【寿命が足りません】
【十本増毛する】【十日】
【寿命が足りません】
【人差し指の爪《つめ》をキレイにする】【三日】
激しく震える指先で、画面をタップした。
【本当に叶えますか?】

私の寿命はあと【三日】しかない――。

死へのカウントダウン

それから一日は、どうすることもなく過ぎていった。

願いを叶えるために【課命】をした結果、寿命があと三日しかない。

たったの三日。

再び【人差し指の爪をキレイにする】【三日】を選択すると、弾かれてしまった。

つまり、あと二日。

もう【二日】しかない。

二日後に、私は死ぬ。

カウントダウンが始まったんだ。

試せることはすべてやった。

まず退会ができないか試した。でも、どこにも退会の項目がない。アプリ内を隈なく探したが見当たらない。

強引にアプリそのものを消してしまおうと思ったけど、【HAPPY SCHOOL】はスマホに貼りついて消すことができなかった。

どうすることもできず、ただ時間だけが進むのを待つだけ。それは、私が死ぬことへと一歩ずつ近づいていく。

何か、何か手はないの——？

スマホで検索をしてみた。

【HAPPY SCHOOL】【アプリ】【課命】なんてワードをいくつか入力してみる。

これといった内容は何もない。

それは、このアプリが出回っていない証拠だ。

やっぱりこのまま死ぬのを待つしかないの？　願い事を叶えた報いに？

半ば諦めながら適当にスクロールしていると、ある記事が目に飛び込んできた。

【再び課命ができるように、寿命を増やす方法】

それはいたって、簡単だった。

①同じ学生を、あなたのアプリに登録をする。

②その人から寿命を奪い取る。

寿命を奪い取る？

それは【殺す】ということ？

そんなことできるわけがない。

でも、しなければ私は死ぬ。

「おはよう。渚」

今朝もご機嫌な優衣が、三鷹くんと一緒に教室に入ってくる。

二人で登校してきたのだろうか？

三鷹くんと手を繋《つな》ぐのは、この私だったのに——。

いや、今はそんなことより、寿命が先だ。

課命どころの話じゃない。

でも私が生き延びるには、誰かを傷つけないといけない。

そんなこと、私にできるの？

「裕也、帰りも一緒に帰ろうね」

「おう」

三鷹くんの腕を掴んで離さない優衣に、気づけば私は声をかけていた。

「優衣、こっち向いてー!!」

スマホを構える。

「何よー？」と言いつつ、一番かわいく見える角度を仕上げてくる。

カメラのシャッターを押した。

「見せて見せて」

「こ、これはかわいく加工するアプリだから。ちゃんと仕上げてから見せるよ」

なんとか言い訳をし、その場から離れる。

こっそりスマホを動かして、【桂木優衣】と登録をした。

すると、私だけだったマイページに、優衣のキャラが現れた。

「なんか、渚がかわいく写真を撮ってくれるって!!」

優衣の言葉に、みんながやってくる。

その勢いに押される形で、私はいくつものキャラを手に入れたんだ。

アプリ内で蠢《うごめ》く、かわいらしいキャラたち。

【桂木優衣】【青木美奈】【桜庭朋美】に加え【南浩一《こういち》】までいる。

本当は【三鷹裕也】も加えたかったけど、ちょうど教室から出ていったところだ。

まあ、三鷹くんを傷つけるなんてことはできないけど。

しかし、ゆっくり行き交うこれらのキャラを眺めているだけで、どうすることもできないまま、私の命はあと【一日】となった。


今日は学校が休みで、みんなで優衣の別荘に泊まることになっている。

とても楽しめるわけがないけれど、みんなと一緒にいないことには、私が生き残る可能性もなくなるんだ。

引きつった笑顔で、みんなと合流した。

優衣の別荘は、海辺を見おろす高台にある屋敷で、みんなはさっそく泳ぎにいったりと遊んでいる。

「裕也、一緒にバナナボート乗らない？」

際どいビキニ姿の優衣が、たくましい三鷹くんの腕を取る。

もうすっかり恋人気取りだ。

けれど、そんな優衣に腹を立てることも、どうにかして間に割って入ろうという気力もない。

それ以前に、私は死にかけているのだから。

唯一の生存方法は、他人から寿命を奪うこと。

でもどうやって？

殺してしまえば、罪になる。

どうやって奪えばいいの？

「なんか渚、元気なくない？」

砂浜で声をかけてきたのは、南くんだった。

南くんとは、告白の一件から口をきいていない。

どこか気まずくて距離を置いている。

私が答えないままでいると、その視線は海辺へと。

はしゃぐ優衣と三鷹くんはラブラブだ。

「あの二人、付き合い始めたんだろう？」

「さぁ？」

「だから元気ないの？」

「いや、寿命があと一日なんで」とは言えず、曖昧に首を振った。

それを肯定だと捉えたのだろう。

「やっぱり、俺じゃダメかな？」

大きな体を、自信なさげに折り曲げる。

私はしばらく、ぼんやり南くんを見つめた。

たぶん、こういう人と付き合えば幸せなんだろうな……。とても大事にしてもらって、幸せな日々を送れる。

でも——。

「——ごめん」

「まだ裕也がいいの？　もう優衣と付き合ってるのに」

「それは——」

「俺のほうが渚のこと幸せにできる！」

「やめて!!」

「俺にしろって！」

覆い被さるように迫ってきた南くんが、強引に私の腕を引き寄せ——キスをした。

「嫌っ!!」

思いきり突き飛ばし、砂浜に尻もちをついた南くんから走って逃げ出した。

誰があんたなんかと!!

寿命をくれるのなら別だけど——。

それからもバーベキューをしたり、ゲームをしたりでみんなは盛り上がっていたけれど、私は一人、蚊帳の外。

だってもう、秒単位で死に向かっているんだ。

笑い合う友人たちが、この時ばかりは恨めしい。

でも、相談することはできない。

じつは私が【課命】でここまでのし上がってきた、カースト最下位だったと知られるわけにはいかないからだ。

それに悩み事を真に相談できるほど、朋美たちと仲がいいわけでもない。

階級を駆け上がってみて気づいたことだけど、その仲は薄っぺらい。一見、カーストの高い者同士が絆《きずな》で結ばれているように見えるけど、それは違う。

うわべだけのつながりだ。

「これ、よかったら飲まない？」

そう言って微笑《ほほえ》みながら優衣が掲げるのは、シャンパンだ。

みんな一気にテンションが上がる。

私もシャンパングラスを手に乾杯へと参加するも、その味はただ苦いだけ。それより考えることに疲れて、すぐに二階の部屋に引っ込んだ。

どうしよう。

誰かから寿命を奪い取らないと、私は死ぬ。

それもあと少しで――。


――えっ⁉


ハッと目を覚ました。

まさか私、寝てた？　こんな時に⁉

スマホの画面が、もう真夜中を示していた。

いったい、私に残された時間はあとどれくらいだろう？

何気なくマイページを見ていると、これまでなかった表示が名前の下に出ている。

【二：一二】
なんだこれは？
時間？
いや、時間は今、夜中の三時半だ。
その時、表示が変わった。
【二：一一】
減ったんだ。
時刻のように増えるんじゃなく、減った。
これってもしかして――？
「寿命？」
私の命はあと、二時間と十一分？　いや。
【二：一〇】
また減った。
これは残りの寿命が表示されて、カウントダウンされているんだ。
もう二時間しかない。
どうしよう。
どうしたらいい？

誰かから寿命を奪い取らないと、私は死んでしまう!!

叫びたい気持ちを抑えたのは、廊下から声が聞こえてきたからだ。

そっとドアを開けて、廊下を覗く。

ちょうど、優衣が出てきたところだ。

三鷹くんの部屋から。

軽やかにスキップしながら、私の部屋の前を通りすぎる。

私が、底なし沼にはまっているというのに——。

「覗き見の趣味あるんだ?」

目ざとく私を見つけた優衣は、薄っすら笑った。

それはまさに、完全なる勝者の微笑み。

「裕也のこと、好きなんでしょ?」

私が押し黙っていると、

「そんなに好きなんだ? でも、彼は私のものだから」

と言いながら、腕組みをして私を睨みつけてくる優衣。

私が付き合うはずだった。

寿命さえあれば【課命】して、私が三鷹くんと付き合うはずだったんだ。

「あんたなんか、裕也と釣り合わないわよ」

鼻で笑う優衣は、そう吐き捨てると行ってしまった。

好きな人と一緒にいた高揚感からか、再びスキップし始めそうな背中が遠ざかっていく。

気づけば、私は息を押し殺してその背中に近づいた。

優衣が振り向きもせず、階段をおりようと手すりを掴む。

私の手が、その背に伸びる――。

でも――やっぱりできない!!

自分を変えるのも、他人の仲を引き裂くのもいい。

けれど、誰かを傷つけるなんてこと。

そうしないと、私の寿命が尽きるのだとしても――。

伸ばしかけていた手を引っ込めた時、ふと先ほどの優衣の言葉がリフレインする。

「あんたなんか、裕也と釣り合わないわよ」

「あんたなんか、裕也と釣り合わないわよ」

「あんたなんか、裕也と釣り合わないわよ」

それはまるで、私のことを見透かされているようで。

本当の私を嘲笑《あざわら》っているようで。

どうしても聞き流すことができなかった――。

ドン。
背中を押すと、面白いように優衣が階段から転げ落ちていき……。
部屋に戻った私は、慌ててベッドに潜り込む。
タオルケットを頭からほっかむり、震える手でスマホを開いた。
もしかしたら？
もしかしたら、寿命が増えているんじゃないか？
マイページに飛び込み、カウントダウンの表記を見る。

【十日】

「増えてる――？」
でもたったの十日？
これだけのことをして、十日延びただけなの？
すぐにバタバタと廊下が騒がしくなった。
誰かがもう気づいたんだ。
ドアがノックされ、返事をしないうちに「優衣が大変なの!!」と美奈が入ってきた。

階段を踏み外したと。

美奈と一緒に部屋を出る。

階段を駆けおりようとして、思わず立ち止まってしまった。

「渚？」

美奈が怪訝《けげん》な顔をして振り返る。

階段の下のみんなも、私たちを見上げていた。倒れている優衣を取り囲んで。

美奈に引っ張られて階段をおりるけど、優衣は倒れたままで、しばらくしてやってきた救急車によって運ばれていった。

とりあえず朝になったら病院に行こうということになり、それぞれが部屋に戻って休むことになったが、とてもじゃないけど眠れない。

どうしよう。

このままじゃ――。

優衣は目を覚ますだろう。

そうしたら、私が犯人だとバレてしまう。

優衣に見られてはいないけど、タイミング的に私だと思うはず。

寿命は首の皮一枚繋がったけど、それでもたったの十日間だけ。

再びカウントダウンが始まったといってもいい。

その時にまた、誰かを傷つけないと私は生き延びることができないんだ。

それも中途半端じゃダメ。

相手の寿命、すなわち【命】そのものを奪い取らないことには──。


「渚!! 優衣が目を覚ましたって!」

眠れぬまま朝を迎えた私に、美奈が最後通告を突きつけてきた。

このまま逃げる? でもどこへ?

何も決断できぬまま、みんなと病院に行くことになった。

「渚、大丈夫?」

美奈だけでなく、朋美も心配そうに顔を覗き込んでくる。

それほど私は、青白い顔をしているのだろう。

「でも美奈、勝手に足を滑らせたんだろ?」

三鷹くんの言葉に、美奈は「うーん」と唸《うな》りながら私を見た。

もしかしたら──美奈はもう優衣から聞いている?

私が突き飛ばしたのだと。

今にも逃げ出したいけど、三鷹くんが病室の扉を開けた。

優衣が、ベッドの上にいる。

その目を、まっすぐ私に向けながら。

「私、突き落とされたんだ――そいつに」

まっすぐ腕を上げ、その指が私に突き刺さる――。

私の隣の、桜庭朋美に――。


足首を捻挫《ねんざ》した優衣は、しばらく学校を休んだ。

『朋美に突き落とされたの!!』

病室の中で、そうはっきり名指しをした。

もちろん朋美は否定したけど、痛々しく巻かれた包帯が優衣に加勢をする。

泣き喚《わめ》いて興奮する病人には、敵《かな》いっこない。

私たちはその場をあとにしたけど、変な空気は消えることはなかった。

いったい、どうしてあんなことを言ったのか？　あんな嘘を。

けれど私は、すぐその理由を知ることになる。


「おはよう」

しばらく休んだあと、松葉杖《まつばづえ》をついた優衣が登校してきた。

苦労して席につくと、まわりを取り囲まれる。

まるでヒロインだ。

しかしその輪の中に、朋美は含まれていない。

【朋美が優衣を突き飛ばしてケガをさせた】

クラス中に知れ渡るのに時間はかからなかった。

いくら朋美が認めなくても、ケガをさせられた当人が言っているんだ。しかも、朋美には動機がある。三鷹くんを取られた腹いせという動機が。

それが嘘だと知っている私を除き、誰もが朋美を敬遠し始めた。

カーストの位置関係が変わったんだ。

松葉杖をティアラのようにデコる優衣が、ケガを利用してトップに躍り出た。

これが優衣の狙い。

真実を知っているのは、突き飛ばした私だけ。

そう思っていたのに。

そうじゃなかった――。


すっかり順位が入れ替わった、三角形。

これまで首位だった朋美はみんなにシカトされ、入れ替わりに優衣がのし上がった。

隣に三鷹くんをはべらせ、女王さま気取りだ。

私としては、朋美に身代わりになってもらったのはありがたい。自分の犯行だとバレなければそれでいい。

ただ――優衣は許さない。

私の三鷹くんといちゃいちゃして、わざと見せつけてくる。

私に寿命さえあれば、すぐにでも願い事を叶えて三鷹くんと付き合うのに。

それなのに、寿命はあと【四日】にまで減っていた。

このままじゃ、また死ぬのを待つだけ。

どうにかしないと。

気だけが焦る。

そんな時だった。

「渚、ちょっといい？」

「いいけど、どうしたの？」

「ちょっと大事な話があるの」

そう言われ、あとをついていく。

ついたのは、学校の屋上。

「私、知ってるんだよね」

「――何を？」

「本当は、渚が優衣を階段から突き落としたの」

そう言って——美奈はにっこり笑った。

でも、その目だけは笑っていない。

「突き落としたのは朋美よ？　優衣がそう言ってるじゃない」

「うそに決まってるでしょ？　あれは朋美を陥れるうそよ。優衣は見ていなかった、誰が自分の背中を押したか」

「私じゃない」

「あんたよ」

「私じゃない!!」

「証拠、あるんだけど？」

美奈がスマホを突き出してきた。

薄暗い画面には、ある動画が映し出されている。

私が、優衣の背中を押した決定的瞬間。

私の犯行現場だ。

もう言い逃れはできない。

「これさぁ、みんなに拡散したらどうなるかなぁ？」

うれしそうに話す美奈を睨むけど、グッと押し黙るしかない。

美奈の目的がわからないからだ。

「もう朋美はダメ。容疑が晴れてもトップ返り咲くことはできない。いい気になってる優衣も、嘘をついたことがバレたらハブられるってわけよ」

「——どうしたら黙っててくれる？」

それはとても冷たい声だった。

自分でも驚くほど。

「黙ってたところで、私が得することないもの。それにね——これをバラすのは、別の目的もあるの」

「別の、目的？」

「そう。なんでかわからないけど、南くんはあんたのこと気に入ってるみたいね？でもこれを見れば、あんたなんかより、私を選んでくれるはず」

「南くんのことが？」

「そういうことだから、お気の毒さま。謝ろうが土下座しようが私に取り入ろうが、これはバラされる運命だったの。一回のタップで終わるから」

美奈の指先が、画面に触れる。

そうなれば終わりだ。

優衣や南くんはどうでもいい。三鷹くんに軽蔑されてしまう——。

私は、美奈の手首に飛びついた。

そして、それはアッという間だった。

スマホを奪い合う私たちは、屋上の隅で取っ組み合う。

私の髪の毛を力の限り引っ張る美奈の手を、思いきり払った。

「あっ！」

すると、バランスを崩した美奈が、そのまま後ろに倒れる。

けれどそこには、何もない。

空中に放り出された美奈が、視界から消えた。

真っ逆さまに落ちたんだ。私の手にスマホだけを残して——。

おそるおそる顔だけ出して下を覗き込んでみると、美奈の手足がおかしな方向にねじ曲がっている。

でも校舎の裏側だから、発見されるまで時間がかかるだろう。

急いでスマホの動画を削除した。

優衣宛てにメッセージを送る。

【ごめんなさい、私が突き飛ばしたの】

足元にスマホを置き、私は屋上から逃げ出した。

大丈夫だ。誰にも見られていない。

何食わぬ顔で教室に戻ったころ、ようやく校内が騒がしくなった。
自分のスマホを開く。
アプリのマイページに入ると、そこにいたはずの【青木美奈】が消えている。
代わりに――。
私の寿命が【二十年】に増えていた。
美奈の寿命を奪い取ったんだ。
これで生き延びることができる。
でもそれより私が一番に思ったことは、まったく別だった。
これで、やっと三鷹くんと付き合える――。

ドメスティック・バイオレンス

「いいじゃん!!」

「えっ、でも――」

「渚、こっち来いよ」

腕を引っ張られて、三鷹くんの胸に飛び込む。

ギュッと抱きしめられる。

そして私は三鷹くんの匂《にお》いを吸い込んだ。

体育が終わったばかりだからか、少し汗臭い。

ようやく体が離れると、顎をクイッと上に向けられた。

切れ長の目が、私を見おろしている。

ゆっくり目を閉じるとやがて、唇が舞いおりてきた。

三鷹くんとの初めてのキスは、学校の踊り場。

たまに生徒が行き来するのもお構いなしで、私たちはお互いの唇を貪《むさぼ》った。

ようやく、この時が来たんだ。

私が三鷹裕也の彼女となる日が。

最終目的といってもいい。

ここにたどりつくまでに起きた、さまざまな出来事が蘇る。

朋美との仲を引き裂き、優衣を傷つけ、美奈にいたってはその命を奪い取った。

こうして私が生きてキスできるのも、美奈のおかげ。

時々、心に影がさすけれど、大好きな三鷹くんの息づかいがそれを吹き飛ばしてくれる。

「渚、好きだよ」

「私も大好き」

そう答え、再び口づけした。

誰にも渡さない。

私だけの三鷹くん。

絶対に誰にも渡さない。

そう思っていたのに――。

三鷹裕也はモテる。

私もわかっていたつもりだったけど、想像以上だった。

サッカー部の練習が終わるのを待っていた時のこと。

三鷹くんの前に、下級生の女子が飛び出してきた。

「好きです、付き合ってください!!」

勇気を振り絞って告白したようだけど、今や三鷹くんと私の仲は学校中に知れ渡っている。

それなのに、なんて厚かましい女⁉

さっさとフラれてしまえ！　それとも私が出ていって追い払ってやろうか!!

でもそうしなかったのは、三鷹くんがちゃんと断るのを聞きたかったからだ。

どう断るんだろう？

すると三鷹くんは、「俺、彼女いるよ？」と言った。

その言葉に、ホッとする。

やっぱり私のことを一番に考えてくれている。

ちょっと言い回しが気になったけど。

だって、「彼女がいるから！」と強く拒絶したわけじゃなくて「彼女いるけど、それでもいいの？」って続きそうで。

その証拠に「それでもいいんで!!」と、二人は連絡先を交換した。

「どういうこと？　今の見てたんだけど⁉」

腹が立って詰め寄った私だったけど、ポンッと頭を軽く叩かれて――。

「なに言ってんだよ、俺の彼女は渚だけじゃん。俺は渚が一番、好きだよ」

なんて言われたら黙るしかない。

つまり三鷹裕也には、つねに女の影がつきまとっていた。

デートの最中でも、メッセージを送ったりやSNSをやっている。

彼女である私が、目の前にいるというのに。

どこかに出かければ「裕也じゃん！」と、誰かれ声をかけられた。

ほとんどが同世代か、たまに大人の女性まで三鷹くんと知り合いのようで。

「どんな知り合いなの？」とは、怖くて聞けない。

それでなくても、前カノは優衣で、その前カノは朋美なんだ。

女性遍歴は、私の想像をはるかに超えているだろう。

「渚は、俺のことが信用できない？」

憂いを帯びた瞳《ひとみ》で見つめられる。そうするとそれだけで疑いは晴れていく気がしたけど、いつも長くは続かない。

つねに何かを疑い、探り、悪いほうに決めつけてしまう。

楽しいはずの三鷹くんとの交際、待ちに待った手に入れた隣の席、いろいろなものを傷つけて勝ち得た居場所が、たまに疲れる時があった。

かといって、誰にも相談できない。

今は朋美と優衣とも、距離を置いているからだ。

こんな時、気の許せる友達でもいれば——。


「葉月さん、なんか元気ないね?」

桃子だった。

「あ、ごめん。私なんかが、邪魔しちゃった」

図書館から出ていこうとする、かつての親友を呼び止めた。

よくよく考えたら、二人でいつも図書館に来ていた。

ここなら、誰もいないから。

私たちブスをバカにする声は届かないから。

「私の顔、何かついてる?」

そう言われ、ずっと桃子の顔を見つめていたのに気づいた。

「なんでもない。ごめん」

「私でよかったら、話聞くよ?　話したくなかったらいいけど」

今にも消え入りそうな声だった。

きっと、勇気を振り絞って言っている。

今の桃子にとって、私は雲の上の存在だから――。

「三鷹くんのことなんだけどね」

誰にも言えなかった弱みを、桃子の前でさらけ出した。

桃子は、私の話が終わるまでジッと耳を傾ける。

「――なんでもかんでも疑っちゃう自分が嫌なの」

「そっか。三鷹くん、カッコいいからね。でも、同じ付き合うならカッコいい人のほうがいいよね」

「うん。ずっと付き合いたかったから」

「それなら、信じるしかないよ。疑うのは簡単で、信じることは難しいけど。三鷹くんのことも、そんな三鷹くんを好きな葉月さん自身の気持ちも信じるの」

「私の――気持ち？」

「なーんて、恋愛経験ゼロの私が言うセリフじゃないけど」

桃子が笑った。つられて私も笑う。

「なんだか、懐かしい感じがする」

ボソッと呟いた桃子の言葉が、しばらく私の頭から離れなかった――。

けれど桃子からのアドバイスも虚しく、私は三鷹くんの浮気現場に遭遇してしまったんだ。

それも一度や二度じゃない。

初めこそ大袈裟に謝り「もう渚を裏切るようなことは二度としない!!」と誓うけれど、しばらくするとまた同じことを繰り返す。

少しくらいのことは大目に見ようと思っていた。

モテるんだから仕方がない。

でも――これは違う。思っていたのと、まったく違う。


「違ってたでしょ?」

私の心の声が聞こえたのか、ある時、朋美が話しかけてきた。

「あいつは浮気症のどうしようもない奴だから」

元カノの言葉が、ぐさりと突き刺さる。

だから優衣と付き合った時も、それほど動揺していなかったんだ。

それじゃ、もしかして――?

「朋美から別れを切り出したの?」

「そうよ」

あっさりと認めた。

【桜庭朋美と三鷹裕也を別れさせる】
このガチャを引き当てるまで、私はどれだけ寿命を差し出したと思ってる⁉
そんなことしなくても、二人は別れていた？
唖然《あぜん》とする私に、朋美がさらに追い討《う》ちをかける。
「優衣もそうよ。女癖の悪さに呆《あき》れて別れたの」
「そんな――」
【三鷹裕也と付き合う】【十年】
私は十年も貢いだ。
美奈を殺してまで、寿命を費やしたというのに。
今さらながら暴かれた裕也の本性に、愕然《がくぜん》としたんだ。
でも、ひょっとしたら私に原因があるのかも？
だからもっともっと三鷹くんに好きになってもらえるよう、努力をした。
女子のえくぼが好きだと聞けば【えくぼができる】【一年】。
泣きぼくろがあるアイドルがかわいいと言われれば【泣きぼくろをつける】【一年】。
八重歯が好みと聞けば【八重歯にする】【一年】。
言っておくけど、私の寿命は長くはない。
美奈を突き飛ばして手に入れた【二十年】も、残りが【六年】となった。それでも、自分の命と引き換えてでも、私のことを見てほしい。

私だけを見てほしかったから——。

それなのに、三鷹裕也の浮気癖は直らなかった。

これは病気だ。

私がどうこうの問題ではない。

私の努力ではどうすることもできない。

いくらこの【神のアプリ】を持っていたとしても、裕也は浮気を繰り返す。

朝ご飯を食べるのと同じ感覚で。

こんなに気苦労が絶えないなら、南くんの好意を受け入れたほうが、よっぽど幸せになれたんじゃないか？

そんな思いが、ふと頭をよぎることもあるけれど、やっぱり私は裕也が好きなんだ。

裕也さえ、私だけを見てくれるのならそれでいいのに——。

その時、スマホが震えた。

【新しい願い事が追加されました】

いつも私の道を切り開いてくれる、神アプリ。

今度はいったい——？

【三鷹裕也が一生、私だけを愛するようになる】【五年】

これこそ、私が今、心から待ち望んでいる願い事。

裕也が私だけを愛するようになる？

他の女には一切、見向きもしないで？

この私だけを――。

迷うことは何もない。

残りの寿命があと一年になってしまうけど、なんとかなるだろう。

それより、三鷹裕也を独占したい。

私だけのものにできるんだ。

私は、願い事を叶えることにした。

その瞬間、スマホが鳴って思わず落としそうになる。

裕也からだった。

「渚？　今から会えないか？」

「えっ、でももうこんな時間だけど？　明日も学校だし。学校でも会えるじゃん」

「今、会いたいんだ‼」

「――わかった」

近くの公園で待ち合わせることになった。

裕也から会いたいなんてこと、これまでに一度もなかったような気がする。

これも願い事が叶ったおかげ。

「渚!!」

やってくるなり、強く抱きしめられた。

熱い思いが伝わってくる。

「好きだよ」

「私も好き」

求められるまま、唇を奪われる。

裕也が私を求めている。心から私を欲している。

完全に、三鷹裕也を手に入れた瞬間だ。

祝福のキスは、いつまでも終わりそうになかった——。


私はいつも、一人で登校する。

本当は彼氏と手を繋いで学校に行きたかったけど、裕也には部活がある。

サッカー部のキャプテンとして、チームを引っ張る責任があると、胸を張っていた。

そういうところは、真面目なんだ。

そしてボールを追っている裕也を見るのが、私は何より好きだったのに——。

「おはよう、渚」

身支度をして家を出ると、裕也が待っていた。

「あれ？　サッカー部の朝練は？」

「ああ、辞めたんだ」

「えっ⁉」

「だって、渚と一緒にいられないだろ？」

さも当然という感じの口調で言う。

「でも裕也、サッカーが大好きだって言ってたじゃない？」

「なに言ってんだよ。俺が一番好きなのは渚だろ？」

「それはうれしいけど――」

「ほら、行こうぜ‼」

手を引っ張られて、初めて二人で登校することに。

いくら周知の仲とはいえ、朝から恥ずかしい気がしないでもない。

そんな私の気持ちもお構いなしに、肩を抱き寄せたり、頬を撫でたりと、裕也はまるで別人だった。

「なに照れてんだよ？　俺のこと嫌い？」

「ううん、好きだよ。大好き」

「俺も。一生、離さない」

校門の前で、熱くハグをされる。

私たちの仲を見せつけるように。

これで誰も、裕也にちょっかいを出さないだろう。

私にぞっこんなのだから。

それでも中には「好きです!」なんて果敢に挑んでくる女子がいた。

以前なら悪い気はしないとニヤついていた裕也も、今は「迷惑だから」と毅然《きぜん》と断っている。

私のことだけを見ている証拠だ。

どこへ行くのもベッタリくっついてくる。

休み時間も、お昼も二人きり。登校も下校も手を繋いで、ラブラブ度は加速するばかり。

家に帰ってようやく解放されたと思ったら、電話やメッセージで「会いたい」攻撃と、ホッと息すらつけない。

あの三鷹裕也にここまで愛されるのは、贅沢以外の何ものでもないが――。

お風呂から戻ると、スマホが光っていた。

電話がかかってきていたようだ。

着信履歴を確認する。
【三鷹裕也二〇：〇四】
【三鷹裕也二〇：〇六】
【三鷹裕也二〇：〇七】
【三鷹裕也二〇：〇八】
【三鷹裕也二〇：〇八】
【三鷹裕也二〇：一一】
【三鷹裕也二〇：一一】
【三鷹裕也二〇：一二】
【三鷹裕也二〇：一五】
【三鷹裕也二〇：一八】
【三鷹裕也二〇：二二】
【三鷹裕也二〇：二五】
【三鷹裕也二〇：二六】
【三鷹裕也二〇：二七】
【三鷹裕也二〇：二九】
スマホを手に、しばらく固まった。

何か急用だろうか？　それならすぐにでもかけ直さないといけないのに、なぜかそうは思えない。

どうしようか迷っていると、スマホが鳴った。

誰からか確認しなくてもわかる。

「――もしもし、裕也？　何かあったの？」

「それはこっちのセリフだよ‼　電話に出ないで何やってたんだよ⁉」

耳に飛び込んできたのは、激しい怒りの声だった。

「何って、お風呂に入ってて」

「それじゃ入る前にメッセージしてくるのが常識だろ‼」

「ごめん」

勢いに押されて、謝罪が口をついた。

そんな常識、聞いたことがないけど？とは言えない。

「俺は心配したんだ、何か事故に遭ったんじゃないかって。そう考えたらもう、どうにかなりそうで」

「ごめん。これからはちゃんとメッセージするから」

「約束だからな？」

「うん、わかった」

とりあえず、その場はそれでおさまったけれど、気を抜くとすぐに裕也から、電話かメッセージが来る。

少しでも返信が遅れると、問い詰めてくるんだ。

『いったい、何をしているんだ？』と。

それは私のことを愛している証拠だけど、だんだんと窮屈さを感じるようになってきた。

それでも裕也の束縛は、締めつけが厳しくなるばかり。

私の首を絞めるかのように――。

『今何してる？』

『買い物？　誰と？』

『お母さん？　本当にお母さん？』

『証拠は？』

『男じゃないのか？』

『他に男ができたんだろう!!』

『どこのどいつだ!?』

『殴り殺してやる!!』

返事をする間がないほど、裕也は一人で激昂《げきこう》していく。

すぐにお母さんとの写メを送ると、態度が豹変《ひょうへん》する。

『ごめん、疑ったりして。でも渚のことが好きだから心配で、ついカッとなってしまった。でもわかってほしい。渚を愛しているからこそなんだ』

怒ったあとは、いつも決まって優しくなる。

そして【それ】は、なんの前触れもなく起こった。

「今、どこ見てた？」

「えっ？」と振り返ると、裕也が恐ろしい形相で立っている。

さっきまで腕を組んで仲良くデートしていたのに。

「誰を見ていた⁉」

「誰って――？」

「あの男を見てただろう！　あの男を物欲しそうに見てたじゃないか‼」

「裕也、いったい何を――っ⁉」

最後まで言い終わらなかったのは、頬をぶたれたからだ。

頭が痺《しび》れて、立っているのもやっとだった。

殴られた痛みと、受け入れ難い真実。

私は――殴られた。

「ごめん。でも、渚が俺以外の男を見るからだ。渚、お前は俺のもの。俺だけのものなんだ」

それだけじゃない。

たとえばカフェで。

「木イチゴのパンケーキなります」

「ありがとう」

私はちゃんとお礼を言った。男性の店員さんに。

それが常識だからだ。店員に横柄な態度を取るほうが、間違っている。向かいの席に座る交際相手への印象をよくしようと、笑顔を盛るくらいでもいい。

それなのに――。

「今、あいつを見てたな？」

押し殺した声が聞こえてくる。

口に入れた生クリームが、途端に苦く感じられた。

「そんなことない。だって私は裕也のことが――」

「いや、色目を使ってた」

その目に、炎がたぎっていた。怒りの炎が。

無言でお店を出ると、怒りに任せて歩いていく裕也を必死で追いかける。

もちろん、謝りながら。

謝りながら、私がどれだけ裕也のことが好きで、どれほど裕也を愛しているか訴えることも忘れない。

ようやく裕也が立ち止まり、振り返った。

拳だ。

平手ではなく、拳で殴られた。

少しでも裕也以外の男性を見ると罵声《ばせい》を浴びせられ、そして少しでも反抗すると、暴力を振るわれる。

どうすれば殴られないか？

どうすれば裕也の機嫌を損ねないか？

どうすれば裕也を怒らせないですむか？

私はそんなことばかり考えていたんだ。


デートの最中、私は裕也だけを見ていた。

それ以外のものは一切、視界に入らないように集中していたのに――。

「よろしくお願いしまーす」

そんな軽い声に、思わず受け取ってしまったんだ。

差し出されたポケットティッシュを。

【男】が差し出したティッシュを。

震える自分の手が、ティッシュを押し潰すのを見おろしていた。

今にも悪意が飛びかかってきそうで、身を固くしながら、なんとか顔を上げる。

少し先で裕也が振り返っていた。

まったくの無表情で。

「あ、あの、これは偶然──」

怖くて言葉が出てこない。

つかつかと向かってきた裕也に手首を掴まれ、そのまま路地に連れ込まれる。

「俺よりあの男がいいのか!?　あんなティッシュ配りの男が！」

「違う！　たまたま受け取っただけで、私は裕也のことを愛してるから!!」

決まり文句を並べたてるも、裕也の耳には届かない。

そのまま引きずられ、突き飛ばされた。

腕を強く打ちつけ、立ち上がれない。まったくの無抵抗の私に、それからもあらゆる限りの罵声を投げつけ、ようやく怒りが静まると微笑んだ。

「渚、愛してるよ」

それを聞いた時、私は意識を失った。

目覚めると、すぐに腕の痛みが襲ってきた。

包帯が巻かれている。

顔をしかめて身を起こすと、そこは病院で、どうやら私はベッドの上で眠っているようだ。

「渚、気がついた?」

枕元から私を見つめる裕也に、ギョッと身を引く。

「──いや、嫌!!」

「渚? もう大丈夫だ」

「離して!!」

裕也が伸ばす手を振り払う。

その反動で、反対の手が激しく痛んだ。裕也に突き飛ばされてケガをしたところが。

その時、ちょうど看護師さんがやってきた。

「目が覚めたのね? 捻挫《ねんざ》してるから、しばらく安静にしてね」

「捻挫?」

「でも大丈夫よ、優しい彼氏くんが運んできてくれたから。あなたが目覚めるまでずっと、そばを離れないんだもの。大事にされてるのね」

そんな言葉に微笑み返すこともできず、ただ心がスーッと冷たくなっていく。

裕也は確信犯だ。

カッとなると我を忘れるのに、私の体に目立つ傷は残さない。

もう、私の心はボロボロだというのに――。

「裕也――別れてほしい」

「ん？」

「別れてほしいの」

流れる涙は、腕の痛みからか、恐怖から来るものか、自分でもよくわからない。

裕也の目を見ることができず、うつむいていると――。

「いいよ」

「えっ⁉」

思わず顔を上げて彼の顔を見る。裕也は笑顔だった。

「渚がそうしたいなら、いいよ」

「でもその代わり、渚を殺して俺も死ぬから」

第三章

私は完全に視界から【男】を消した。
三鷹裕也だけを見ていれば、罵《のの》しられることも暴力を振るわれることもない。
何もなければ、私を愛してくれる。
私だけを愛してくれる。
腕の不自由な私を、甲斐甲斐《かいがい》しく気づかってくれる。
そもそも、私が腕をケガしたのは裕也のせいだというのに。
そのことを忘れるほど、いつしか私は裕也に洗脳されていった。
彼以外何も目に入らない。
彼以外は何も存在しない。
私にとってのすべては彼だけだった。
はずなのに――。
「渚、なんか久しぶりだな」
廊下で声をかけられても、私は素通りする。

たとえそれが先生でも、私の耳には入らないんだ。彼以外の声が。

それなのに、ふと立ち止まってしまったのは、耳に馴染《なじ》みがあったから？

でも、こんなところを裕也に見られでもしたら⁉

慌てて駆け出そうとした私の腕を、彼が掴んだ。

「ちょっと待てって」

「は、は、離して‼」

私は思わず叫んだ。

男と手が触れている。

もし裕也に見られでもしたら、私は間違いなく殺される‼

恐怖に慄《おのの》く私の目から、涙が溢れた——。

「ここなら大丈夫だから」

南くんの言葉が、耳に入ってくる。

「裕也に見られることないから、安心して」

ようやく震えが止まったのは、そこが使われていない理科室だとわかったからだ。

それに——大きな南くんが体を縮こませて、私を心配している。

「大丈夫だから」と。

本当はすぐにここを出ていきたいけれど、足に力が入らない。

それは、南くんの優しさが私を引き留めるから。

「渚、元気ないから、ずっと心配してたんだ」

「――ずっと？」

「ああ。声をかけていいか迷ってて、でも心配で」

「そうなんだ」

「ちょっと、落ちついた？」

「――うん」

裕也以外の男と言葉をかわしている、その恐ろしい事実も受け入れることができた。

それは、この隔離した空間と、南くんの気づかいが私を守ってくれているから。守る。

よく裕也が口に出す、俺は渚を守っているんだと。

その言葉の違いを今、私は感じていた。

包む込む守りと、逃さない縛り。

それに気づいた時、とめどなく涙が溢れてきた。

どこから見つけてきたのか、南くんがティッシュの箱をくれた。

何枚か抜き取り、涙を拭う。

必死で堰《せ》き止めてきたものが、一気に崩れてしまった脱力感。でもまた、ここを出たら裕也以外をシャットアウトしなければならない。そのことを思うだけで憂鬱で、どこまでも体が沈み込んでいきそうだった。

「だから裕也はやめとけって言ったのに」

今はそんな南くんの言葉も、素直に受け入れられる。

何度か忠告してくれたんだ。

同じサッカー部で、裕也の女癖の悪さを見ていたからだろう。

でももう――。

「遅いよ」

ぼそりと呟いた。

もう遅い。

【三鷹裕也が一生、私だけを愛するようになる】

一生だ。

それが破られるのは、裕也が私を殺して、自らも死ぬ時だけ。

だから逃れられる術はない。

「別れられない？」

「無理」

即答できる。

殺されるくらいなら、今のままでいい。

こうやって、他の男と接触さえしなければ問題ない。

「でもそれって、付き合ってるって言える？」

「えっ――？」

「渚のこと泣かせて悲しませて、裕也には渚と付き合う資格はないよ」

南くんは拳を握りしめていた。

とても強く、悔しそうに。

「だから俺にしとけって言ったのに」

そう言うと、軽く笑った。

裕也ほどイケメンでもないし、高い身長をどこか持て余しているようだけれど、その笑顔はとても優しかった。

そういえば南くんは、ずっと優しかったんだ。

「――ありがとう」

「お礼を言われてもなぁ」

「そうだよね」

私もフッと笑ってしまった。

その時に気づいたんだ。

笑うって、笑おうとして笑うんじゃない。

裕也のことが世界一好きだと伝えるために、笑顔を繕《つくろ》う毎日。

いつの間にか、笑顔が顔に張りついていた。

でも、こうやって自然と微笑むことが、まだ私にもできるんだ。

すべては、南くんのおかげ。

彼の温かさが、私の心を溶かしてくれたんだ。

「ま、今日はその笑顔が見られただけでよしとするよ」

「私のほうこそありがとう。でも私は――」

「たまに会うのはどう？」

「でも――」

「ここなら誰にも見られない」

そう言って、使われることのない理科室を見回す。

一見、学校内だから人目につきやすい気もするけど、ひとたび学校を出るし『どこで何をしている？』と裕也のチェックが入る。まだ校内はチェックが甘い。

でも、もしバレたら――。

「俺は、ただ渚が笑顔でいてほしいだけなんだ」

「――わかった」

気づけば私は、そう答えていた。

【S】

部活の掲示板、その隅っこに小さく記されている文字があった。

誰にも注目されないSという英字は、私だけに宛てられたメッセージ。

トイレにいく途中で発見すると、胸がじんわり温かくなる。

Sは方角でいうところの【南】。

南くんから私宛てへの、秘密のメッセージなんだ。

それが書かれてある日は、放課後に理科室で待っていると。

スマホは逐一、裕也のチェックが入る。すでに男の名前で登録されている番号は、一件残らず削除された。

だから、こうやってバレないようにやり取りするしかないのだが、私にはつねに裕也がつきっきりだ。

私たちにだけわかる暗号を交わしても、放課後に行けないことのほうが多かった。

かといって、それを知らせる術はない。

南くんとはクラスが違うし、仮に同じクラスだとしても裕也の目が光っているから、どちらにせよ難しい。

それでも掲示板の前を通るたび、その小さな【S】の字を見つけると心が踊った。

ずっと閉じ込められていた薄暗い洞窟に、一筋の光が差したように——。

「ごめんね、なかなか来れなくて」

裕也の目をかい潜って理科室に行けたとしても、ものの一分で出ることもある。

それでも南くんは笑顔で迎えてくれるんだ。

「渚の顔が見られただけでいいよ」

そう言って、笑顔で送り出してくれる。

けれどある時、裕也の目がスーッと細くなった。

「なんか渚、いいことあった？」と。

私のことを疑っている証拠だ。

「な、なんでもないよ。裕也とこうして一緒にいられるからだよ」

我ながら歯の浮いたようなセリフだと思ったけど、裕也には効果覿面《てきめん》だ。

裕也は少し目を見開き、やがて微笑む。

危ない危ない。

気をつけないといけない。

もし南くんと密会しているのがバレたら、私は殺されるだろう。

それでも、いそいそと掲示板にSの文字を確認しに行き、裕也の目を誤魔化して理科室に向かうことはやめられなかった。

今、南くんという心の拠《よ》り所がなくなれば、それこそ私は死んでしまう。

心が生き絶えてしまう。

それほど南くんは、私にとって大切な人になっていた。

もし南くんと付き合っていれば、こんな苦しい思いをしなくていいのに――。

それは叶わぬ夢だ。

あれからアプリには、何も願い事が追加されない。

私は裕也に絡め取られ、身動きが取れない状態だ。

せめて、南くんを失わなくていいよう、細心の注意を払って毎日を過ごす。

そのことだけに集中しよう。

絶対にバレないように。

絶対に――。

「裕也、風邪？」

そう尋ねた声が、震えていなかっただろうか？

期待に胸弾んで、上ずっていなかっただろうか？

「ああ、昨日、裸で寝たら窓が開いててさ」

「ちょっと寒かったもんね。病院は？」

「帰りに行く」

「私も行くよ」

とは言ったものの結局、裕也は具合が悪いからと早退してしまった。

付き添うと言い張ったけど、さすがに悪いと思ったのか一人で帰っていった。

それとも、私が従順に洗脳されているから安心したのだろうか？

残念ながら、すでに私の頭の中に裕也はいない。早退と同時に消えてなくなった。

キレイさっぱりと。

これで心置きなく、南くんと会える。

カゴの中から、果てしない空に飛び立つ鳥の気持ちが私にはわかった。

それでも用心しないといけない。

誰が見ているかわからないからだ。

「裕也、早退したって？」

「うん。だから今日はゆっくりできる」

私は心から笑顔になれた。

わずかではあるけど、解放された喜び。

「そっか。じゃ、俺も部活、休んじゃおっかな」

「えっ、それはダメだよ」

「いいのいいの。渚と喋りたいから」

「私も――南くんと一緒にいたい」

たとえそれが束の間でも。

私にとってのオアシスだから――。


「熱が下がらない」

どうやら裕也の風邪は、長引くらしい。

お見舞いに行っても、風邪がうつるからと門前払いされた。

自由な時間が増えると喜んだものの、私への束縛は変わらずだ。

とはいえ、メッセージが来ればすぐ返せばいいし、電話がかかってきたら取ればいいだけの話。

それが理科室で、南くんと過ごしていても同じだ。

「まさか、男と一緒じゃないだろうな!?」

咳き込みながら私を詰問してくるけど、弱っている裕也はさほど怖くない。

「私のこと、信用できないの?」なんて、いつもなら口が裂けても出てこない反抗的な言葉を投げつけて、さらっと追求をかわす。

そして今日も、理科室に足を運んだ。

「こないだ、ＰＫで蹴《け》ったやつがさぁ――」

南くんとの会話は、笑いが尽きない。

たぶん、意識して私を笑わそうとしてくれているのだろう。

そんな心づかいも、裕也とはまるっきり正反対だ。

どんどん南くんに惹かれていく自分を、どうしても止めることができなかった。

「私――南くんと付き合えばよかった」

初めて口にした。

ずっと思ってはいたけれど、言葉にしてしまうと何かが変わってしまいそうで。

とても大きく変わってしまいそうで――。

「俺は、渚が好きだよ。だから遅いことなんてない」

南くんに、腕を掴まれた。

彼以外の男に触れられることの恐怖が、震えとなって込み上げてくる。

「俺が渚を守るから」

「――無理」

「絶対に守る」

「無理」

首を振って拒絶する。

南くんの思いを、一ミリたりとも受け入れちゃいけない。

南くんは『守る』を繰り返すけど、何もわかっていない。

裕也という男の恐ろしさを、南くんは何もわかっちゃいない。

私が甘えられるのは、この理科室での時間だけ。

それ以上、少しでも気持ちを受け入れてしまうと、取り返しのつかないことになる。

それが私には、嫌というほどわかるんだ。

だから――。

「――このままでいいの。このまま南くんを感じることができるなら、私はそれでいいから」

それだけを言い残して、理科室を飛び出した。

ひょっとしたらもう、南くんは会ってはくれないかもしれない。

私は、南くんの気持ちを利用しているだけなんだ。

理科室から離れるにつれ、胸が痛んだ。

束の間の夢だった。幸せな夢。

でも――。

次の日も【S】の文字が書かれていたんだ。

よかった。

南くんに嫌われていない。

まだ幸せな夢は続くんだ。

そう思うだけで、前向きになれた。

相変わらず、裕也は熱が下がらない。いっそこのまま――なんて、とても彼女の考えることじゃないけど、本気でそう思う自分がいた。

ここ数日は、まわりの目を気にすることもなく伸び伸びと過ごせたからだ。

自分が自分だという実感。

裕也といる私は、自分を押し殺している。あれは、本当の自分じゃない。

南くんといる私が、本当の、そして私が好きな私だった。

だから足取りも軽くなる。

掲示板に書かれた【S】の文字に引き寄せられるようにして、私は今日も理科室に向かう。

私が大好きな私になるために――。

でもいつまでだろう？

いつか夢は覚める。

いつか裕也の熱が下がるように。

そうなれば、これまでのように理科室に行くことはできない。

それどころか、もう会えない可能性だってある。

それを考えただけで目の前が真っ暗になるけれど、せめて南くんの前では笑顔でいよう。

理科室の扉に手をかけて、私は笑顔を作った。

これからの、楽しい時間を思い描きながら——。

ところが……。

「遅かったな、渚」

私を待っていたのは、裕也だった——。

証拠

どうして裕也がここに？

ここは私の、私と南くんの秘密の場所だったのに。

どうして裕也が――？

「俺が気づかないとでも思ったか？」

でもその声は、とても優しかった。それが逆に私の心を震え上がらせる。

「仮病だよ」

「えっ？」

「仮病。風邪を引いた振りをして、お前の様子を探ってた。でもどうやら学校の外じゃ、おかしな素振りはない。となると、原因は中だ。俺のことを見ているようで、見なくなった原因がな」

返す言葉がない。

全部、バレていた。

裕也には何もかも、お見通しだったんだ。

「そしたらどうだ？　使われてない理科室にしょっちゅう入り浸っているじゃないか。それでも俺は、渚のことを信じたよ。ここに来るのは、ちゃんとした理由があってのことだってな」

「――裕也、あの、私」

「なんだ？」

シャッターをおろしたように、裕也の顔から微笑みが消えた。

「何か言いたいことがあるなら、聞こうか？」

聞くだけ聞く。

その後、どう料理するかは俺の自由だと、その口ぶりが言っていた。

もう私には、弁明する気力もない。

何を言ったところで――私は痛めつけられる。

それなら一つだけ教えてほしい。

たった一つだけ。

「南くんは、どうしたの？」

南くんの名前を出した瞬間、裕也の顔が険しくなった。

「ずいぶんと仲がいいみたいじゃないか？　俺がいない間に。俺が風邪を引いて弱っている間に」

「でもそれは仮病じゃ——？」

「本当に具合が悪くなったんだよ‼　お前が俺を裏切ってるって知ってな」

「私は何も、何もしてない。南くんとも、ただお喋りしてただけで。私は何も——」

「本当か？」

「えっ？」

「本当に何もしてないのか？　何も」

その声からは、怒りは感じられなかった。

私のことを信じたいという気持ちが伝わってくる。

だからこそ、私は返事に詰まった。

ただお喋りしていただけ。

でも、私の気持ちは明らかに南くんに向いていた。

裕也から逃れるためだけじゃなく、純粋に南くんに惹かれ始めていた。

そのことを私自身が一番よくわかっているからこそ、裕也の質問に答えられず。

そして目をそらした。

それが答えだ。

「あいつは、わざわざ俺のところに来たよ」

それが南くんのことだとわかるのに、しばらく時間がかかった。

南くんが、裕也のところに――？

このささやかな幸せを、少しでも長く大切にしたかった。

これ以上を望もうとすれば、音を立てて今が崩れ去ってしまう。

それならこのままでいい。

そう南くんも了解してくれたはずなのに――？

「どうやってお前たちを痛めつけてやろうか考えている時に、向こうから来たんだよ。バカみたいに、渚と別れてほしいってな」

「――うそ」

「俺のほうが渚を笑顔にできるんだってよ。なぁ、渚もそう思うか？」

裕也が、霞《かす》んで見えなくなっていく。

泣いてはいけない。

泣いてしまうと、認めることになる。

南くんの笑顔が、もう見られないと――。

「なに泣いてんの？　泣きたいのは俺なんだけど？」

裕也が、はぁー!?という感じで一歩、詰め寄ってくる。

ふざけているようで、その目だけは決して笑ってはいない。

「俺さ、こう見えて優しいからさ、そんなにも渚と別れてほしいなら別れてやるって言ったんだよ」

「えっ⁉」

私は目を見開いた。

「そうそう、今のお前と同じ顔してたな。だから、どこまでその気持ちが本物か見せろって言ったんだよ」

「――どういう、こと？」

「あいつは俺なんかと違って、真面目にサッカーやってんだよ。俺が辞めたあとは、あいつがキャプテンやってて、サッカーで推薦されるくらいでさ」

裕也によって語られる南くんは、私がよく知っている彼だった。

理科室でいつも、うれしそうに話してくれたからだ。

小さいころからサッカーをやっていて、将来は海外でプレーするのが夢。

でもどんどん背が高くなって、バスケやバレーに転向しようと思った時期もあったけど、やっぱりサッカーが好きで、それならキーパーでみんなを守ることに徹することにした。

影ながら支える役目が、自分に合ってるんだ。

少し照れ臭そうに言う南くんの笑顔が、脳裏に色濃く浮かび上がってくる。

「だから俺、言ってやったよ。サッカーを取るか、渚を取るかって」

「なんで――そんなこと？」

「当たり前だろ？　サッカー命って奴の本気を見ないと、俺も渚とは別れられない。で、あいつなんて言ったと思う？」

裕也が私に問いかける。

私にはわからない。

私なんかに、南くんからサッカーを取り上げる価値はない。だから、見捨てても当然。いや、そうしてほしい。

私なんかのために――。

「サッカー、辞めるってよ」

そんな――。

サッカーは、南くんにとって特別なもの。それを私なんかのために辞めるなんて、それだけはダメだ。

「なに辛そうな顔してんの？」

「それは――」

「あいつはサッカーよりお前を選んだのに。もっと喜べば？」

意地悪くそう言うけど、それじゃ別れてくれるのか？

私のことを解放してくれるの？

「でもさ、口約束だけじゃ意味ないだろ?」

さらに意地悪く、裕也の唇の端が吊《つ》り上がる。

とても、私をカゴから出してくれるとは思えない、底意地の悪い微笑み。

そもそも、南くんと話し合ってもし別れる気があるのなら、どうして今、日の前に裕也がいるのか?

そして南くんは、どこに行ったのか?

「サッカー辞めるって口で言うだけじゃさ、俺も信じられないし。そんな軽い気持ちじゃ、渚もあいつのところに行けないだろ?」

裕也の喋る、一字一句に心臓の針が振りきれそうになる。

いったい、どういうこと?

やっぱり別れるつもりがあるの?

「だから俺さ、証拠を見せろって言ったんだよね」

「——証拠?」

「そうそう、サッカーを二度とやらないって証拠」

そう言って、裕也が何かを投げた。

私の足元に、黒いビニール袋が転がる。

「それが証拠。見てみろよ」

見ちゃいけない。絶対に見ちゃいけない。

私の中の危険信号が、激しく点滅している。

きっと、この黒いビニール袋の中には【歪《いびつ》】なものが潜んでいる。

見たら最後、私をどこまでも深い闇の底へと引きずり込むだろう。

だから見ちゃいけない。

「お前の大事な大事な南くんからのプレゼント、見ねーの？」

裕也は面白がっている。

南くんから預かってきた【証拠】を乱暴に放り投げて、それを確認する私を舌舐《な》めずりして待ち構えているんだ。

思いどおりにさせちゃいけない。

それなのに私は、私の指先は、袋の持ち手に伸びていた。

サッカーを辞めると口では証明できないのなら、いったい何が入っているというのだろう？

見てみたいという気持ちと、今にもこの理科室から、裕也が支配する世界から逃げ出したいという、相反する気持ちに挟まれ――。

スーッと涙がこぼれた。

「また泣くのか？　せめて中を覗いてからにしろよ」

涙が数滴、ビニール袋に落ちていく。

小刻みに震える手で、私は袋の持ち手に指をかけた。

すごく重いわけでも、すごく軽いわけでもない、なんとも言い難い感触。

その時、重みが傾いて、私は袋を落としてしまった。

中身が、外に転がる――。


それは【指】だった。


ぽとり。

不穏な音をさせて黒い塊《かたまり》から転がり出てきた。

第二関節から切断されたであろう、指先。

爪は色を失くし、血が固まって黒ずんでいる。

「ひっ!!」

息をのんだ瞬間、思わず腰を抜かして、その場に尻もちをついてしまった。

足が指に触れそうになり、短い悲鳴を上げて後ずさる私を、裕也は愉快そうに見おろしている。

「ほら、もっとちゃんと確認しろよ。南くんの覚悟なんだから」

「っや、やめて――やめて!!」

「お前のために指を切ったんだよ」

両手の人差し指と中指を何度か合わせ、ハサミのジェスチャーをしながら近づいてくる。

虫のように横たわる指。切断された部分から、肉と骨が見える。

あれは、どの指なんだろう？

そして、あの袋には他にもまだ――？

だって、袋の重さは指一本分じゃないからだ。決して重いわけじゃないけど、指一本分じゃない――。

裕也が屈み、私の目だけを見ながら袋をゆっくり持ち上げる。

ちょうど私の目の高さから、袋を逆さまにして振ったんだ。

ぼとり。

ぼとり。

ぼとり。

いくつもの指が、落ちてくる。

ぼとり。

ぼとり。

ぼとり。

私は、悲鳴を上げることさえできなかった――。

「これ、人差し指か？」

と、裕也が南くんの何指かわからない指を一つつまんで言った。

私たちの足元には、残骸のように指がいくつも転がっている。

それは確かな【証拠】だった。

「あいつはキーパーしか才能ないから、指を切ってやった。二度とボールが持てないようにな。でもまだマシじゃね？　キーパーじゃなかったら今ごろ、その袋に入ってたの【足】なんだからさ」

一瞬だけ、それを想像してしまった。

袋の中に入っている、切断された足。

吐き気が込み上げてくるのも構わず、裕也が続ける。

「これでも俺は優しいからさ、親指は勘弁してやったんだよ。痛そうだったし」

「み、南くんは？」

「へぇ、まだあいつのこと心配するんだな」

つまんでいた指を放り投げ、裕也が立ち上がる。

そして、「いいこと教えてやろうか？」と楽しげに言った。

その声に導かれるように、顔を上げた。私は、そう躾《しつ》けをされているから。

裕也の言うとおりに、裕也の言いなりに、裕也の思うとおりに、裕也の望むままに、裕也の仰せのとおりに。

だから、これからとっておきの秘密を聞かせてやろうという【悪魔】の顔を見上げたんだ。

私はわかっていた。

今から裕也が言うことが、私を奈落《ならく》の底に突き落とすのだと——。

「お前の大事な大事な南くんはな、残念なことに泣いて謝ったよ。お前なんかより、サッカーが大事だと」

聞きたくない。

耳を塞《ふさ》いで、裕也の言葉をかき消したい。

思いきり叫び声を上げながら——。

「指を一本、切ろうとしたら簡単に寝返った。お前のことなんてどうでもいいから、家に帰してくれってな。お前の価値なんて、このゴミ以下なんだよ」

つま先で指を蹴散らす。

方々に散らばっていく、八本の指。

もう南くんには、それぞれの親指しか残っていない。

そもそも、無事なのか？

「拾えよ」

「えっ？」

「今から持ち主に帰しに行かないとな。お前の生半可な甘えが生んだ結果だ。だから責任を持って拾い集めろ」

腕組みをして、はるか上空から冷酷な言葉を振りおろしてくる。

でも私には、逆らう力はない。

それに、南くんのことも気がかりだ。

私のせいで夢が潰《つい》えた。いや、今からこの指を持って病院に運べば、指も夢も繋がるんじゃ？

そんなことはないと思いつつ、そうでも言い聞かせないと、とてもじゃないけど指を摘むなんてこと私にはできない。

遺体のように転がっている指に、手を伸ばす。

触れる瞬間に目を閉じ、指先で挟み込んだ――!!

まだ、柔らかい。

吐き気とともに、指を放り投げる。

吐くものが何もないのに、私は吐き続けた。

胃が痙攣《けいれん》を起こしてもなお、吐き続けたんだ――。

唯一の別れる方法

そこは別荘だった。

みんなと泊まりに来た、優衣の別荘。

合カギを持っているのか、裕也は自分の家みたいにドアを開けて入っていく。

「めったに使われないし、まわりに誰もいない。何か悪さをするにはぴったりの場所だな」

どんどんと廊下を進んでいく背中を、私は追いかける。

どうして逃げなかったか？

どうしてまわりに人がいるうちに、助けを求めなかったのか？

この男は犯罪者だ。

南くんの夢を打ち砕き、そのほとんどの指を切断した上に、私を殺した。

私の心を。

心が死んだ私——すなわち思考が停止した私は、何も考えることができずにただ、三鷹裕也についていくことしかできなかった。

この男の元から逃げ出すなんてことは、できない。
もう二度と——。
裕也が階段をおりていく。
すえた臭いが鼻をついた。
カビ臭いような、土臭いような——？
薄暗がりの中に、豆電球が一つぶら下がっている。
頼りない灯りの中に、南くんは倒れていた。
「ほら、お前の大事な男だ。駆け寄らないのか？」
「えっ、でも——」
でも、動かない。
南くんはピクリとも動かない。
血と死の臭いだ。
八本の指から出血したまま、この冷たい地下室に置き去りにされていた。
命が尽きてしまっていても、不思議じゃない。
「なんだ、もう死んだみたいだな？」
裕也が南くんの手を、踏みつけた。
血まみれの手を——。

「ああっ‼」

驚くほど大きなうめき声は、私をすくみ上がらせるのには充分だった。

でも生きてる。

南くんは生きてる。

「さすがにまだクタばってないか？　ま、時間の問題だけどな」

「——裕也？」

私はありったけの勇気を振り絞って声にしたけど、蚊の鳴くようなかすれた声しか出なかった。

裕也が振り返る。

「——ど、どうするの？」

「何が？」

「私と、南くんを、どうするの？」

そう尋ねながらも、答えを聞きたくない思いで自分の体を強く抱きしめる。

あまりに寒いのは、この地下室が原因なのか、それとも私の心がそう感じるのか？

「渚は、どうしたい？」

「私は——南くんを病院に連れていってあげてほしい」

「わかった」

あっさりと裕也が頷いた。

「それなら渚が死ぬけどいいの？」

「えっ⁉」

「俺を裏切った罰」

「でも南くんは関係ないよ⁉」

「こいつは、渚をたぶらかした罰。助けるのは一人だけ。こいつか、渚か」

「そんな――」

絶望が喉に詰まって、言葉を押し込んだ。

「じゃ、二人で仲良くな」

裕也が階段を上っていく。

そして、扉が閉ざされた。

「南くん‼」

裕也がいなくなった瞬間、私は倒れている南くんに駆け寄った。

体に触ると、びっくりするくらいに熱い。

何かにうなされたように震え、呼びかけても返事はなかった。

顔色もほとんどなく、私の目にも明らかだ。

南くんは――死にかけている。

指がどうこうの問題じゃない。

「どうしよう」

私のせいだ。

私なんかが、南くんの好意に甘えてしまったために、将来の夢を奪い取ってしまった。それだけじゃなく、命まで刈り取ろうとしている。

さっと見回しても、出口はない。

何か役に立ちそうなものも、見当たらない。

ここでこうしているしかないのか？

ただ見送るしかないの？

私のせいで死んでしまうのに？

「——な、ぎさ？」

弱々しい声が漏れた。

「南くん！　南くん⁉」

「ごめん——」

それだけ聞き取れた。

『俺のせいで』とか『俺が守れなくて』と、南くんは私に謝っている。

謝らないといけないのは、私のほうなのに。

「待って。私が、私がなんとかするから」

そう言ったものの――ダメだ。

何もない。

スマホを持っていることに気づいた時は天にも昇る心地だったけど、電波がまったく通じない。

この地下室には、私と南くん、そして古びたクッションが一つあるだけだった。

少しでも楽になるよう、南くんの頭の下にクッションを置いた。

荒い息をしていたかと思うと、文字どおり虫の息の時もある。

それが繰り返されるのを、私はただ見ていることしかできなかった。

「ごめんなさい。ごめんなさい」

何度も何度も謝りながら。

もちろん、食べ物も水すらない。

時間だけはスマホでわかるけど、時が進めば進むだけ、南くんの命のロウソクは短くなっていく。

どうすることもできない。

私にしがみついてくる南くんに寄り添ううち、私は少し眠ってしまった――。

扉が開く音がする。

——目を覚ますと、すぐそこで裕也が見おろしていた。

まったくの無表情で。

「裕也、助けて!!」

今はもう、南くんは震えてもいない。

急速に体が冷えていた。まるで、死後硬直が始まったかのように。

「お前が代わりに死ぬことになるけど?」

「それでもいいから!!」

私が大声で答えると、裕也の顔つきがガラリと変わった。

私は知っている。

これは、悪意が振りかざされる前兆だと。

深いため息をつくと、裕也が言った。

「じゃ、食えよ」

「えっ?」

「こいつの指、食ったら助けてやるよ」

にんまり笑う裕也に、言葉もなかった。

暴力を振るわれる覚悟はしていたけど、その要求は私の想像をはるかに超えている。

これならまだ一発や二発、蹴られたほうがマシだ。

「そんなに好きなら、食えるだろ？　俺は食えるよ。渚の指も耳も、目ん玉だって食える。舐め回してな」

「やめて」

「なんだよ。それが愛ってもんだろ？」

「狂ってる」

言葉にして初めて、そう実感することができた。

この男は狂っている。

「ほらどうする？　早くしねーと、おっ死ぬけど？」

裕也が顎で指し示す南くんを、私も見た。

いまだに息をしているのが不思議なくらい。

私のせいでこうなった。

でも、私なら助けられる。

「本当に、助けてくれるの？」

「ああ。俺が約束、破ったことあるか？」

「──わかった」

そばに放り出されていた、ビニール袋を引き寄せた。

その中に手を突っ込むと、ビニールが激しくガサガサと音を立てる。

南くんには悪いけど、虫だと思えばいい。

硬いイモムシだと――。

指先で一つ掴むと、胃液がせり上がってきた。

それを強引に飲み込み、目を閉じて口を開けた。

強烈な血の匂いが鼻の奥まで突き刺さるのを感じながら、私は指を口の中に含む――。

「がっ！」

すべてを、吐き出した。

指も、胃液も、涙も嗚咽《おえつ》もうめき声も。

希望も絶望も、悲しみも苦しみも、何もかもをすべて吐いた。

吐き捨てた。

「あーあ、きったね。でも、俺なら食える。渚の吐き出したものならなんでもな」

裕也はそう言うと、私が吐き出した指をつまんでポイッと口に放り込んだ。

むしゃむしゃと、咀嚼《そしゃく》する音が聞こえる。

がりっと、骨が砕ける音が聞こえる。

おいしそうに、私が吐き出した指を食べるその口を見ているだけで、気が遠くなっていく――。

私はそのまま気を失った。

次に目が覚めると、体が鉛のように重い。起き上がれないほどに。

首だけ動かすと、散らばった指が見えた。

ああ、さっきのは夢じゃない。

現実だ。

もう私は、ここから逃げ出せない。

この地下室じゃない。そうじゃない。三鷹裕也という地獄から、抜け出すことはできないんだ。

裕也を殺すしかない。

そうだ。

殺すしかない。

でもそれにはまず、ここから出る必要がある。

そして、ここから出るということは、私が助かるということ。

助かるには、裕也に忠誠心を示さないといけない。

それはすなわち、南くんを見殺しにするということ。

もっとも効果的なのは――。

【私が南くんを殺す】こと。

地下室で死にかけの南くんと二人きり。

助かるのは一人だけ。
南くんの指の味が舌に浮かぶ。噛んでもいないのに。
そんな状況下に置かれても、私の頭は嫌というほど冷静だった。
南くんを殺してしまえばいい。
そうすれば、裕也は私を抱きしめるはず。
私のことを心から信用させ、信頼を勝ち得てから裕也を殺せばいい。
それに、南くんはもう――。
枕にしていたクッションを、そっと外した。
動けない瀕死《ひんし》の南くん。息の根を止めるのは、女の私でも容易い。
私を守ると言ってくれた。
私の笑顔が好きだと言ってくれた。
私に、安らぎをくれた。
ありがとう、南くん。
そして。
ごめんなさい、南くん。
クッションを、そっと南くんの顔の上に置いた。
そして、そのまま覆い被さるように全体重をかける。

しばらくすると、南くんの手足が痙攣し出し、とんでもない力で暴れ出す。
今にも起き上がりそうで、私は涙を流して押さえつける。
ごめんなさい。
ごめんなさい。
そう何度も繰り返しながら——。
やがて南くんが動かなくなる。
私が殺した？
ううん、違う。
私は南くんを楽にしてあげたんだ。
どうせ死ぬなら、痛みや苦しみはないほうがいい。
だから、私は間違っていない。
クッションを抱きしめて、私は泣いた。
声を上げて、泣いた。
南くんは、死んでしまった。

「何時だろう？」
足元のスマホを確認する。

時刻は二〇：一〇だった。

念のため電波を確認したけど、やっぱり圏外だ。

そういえば、電波がなくても緊急で電話をかけることができなかったっけ？

警察に知らせて、裕也を逮捕してもらえたら？

いや、それでも一時しのぎだ。

裕也は地獄の果てまで追ってくるだろう。殺さない限り追ってくる。

何か手はないかとスマホを探っていると——アプリに気づいた。

「電波が——？」

なぜか【HAPPY SCHOOL】のアプリだけは稼動している。圏外でネット通信もできないのに？

この時ばかりは、愛くるしいキャラクターが憎らしい。

「——あれ？」

少ない。

登録したキャラが、減っている。

南くんが、画面から消え去っていた。

まさか⁉

【葉月渚】【寿命五十一年】

確か私の寿命は残り【一年】だった。

それが【五十年】も増えている。

そしてアプリの画面から、南くんが跡形もなく消えた。

実際の南くんが死んだ瞬間に——。

私が、奪ったの？

私のせいで、私と出会ったせいで死んでしまった。

だからアプリに登録してあった南くんの寿命が、そっくりそのまま私に上乗せとなったんだ——。

「そうだ」

慌ててマイページを進む。

見慣れた【葉月渚】が現れる。

散々、カスタマイズして原形を留めなくなってしまった、私。

キレイになるために、華やかな学校生活を送るために、さまざまな願い事を叶えてきた。

自分がどんどん生まれ変わり、望みどおりのハッピースクールライフが送れると、そう思ったんだ。

でも実際は、そうじゃない。

ずっと付き合いたかった三鷹裕也を悪魔にしてしまったのも、この私だ。

だけど思いついたんだ。

唯一、裕也と別れる方法を。

それは——。

元に戻ればいい。元の【ブス】な私に。

試しに、目元をタップした。

【目を一重まぶたにする】【三年】

元の腫れぼったい一重まぶたにすれば、裕也はもう私なんかに見向きもしないはず。

だって、私が二重まぶたにした時、親友だった桃子とは友達関係がなくなった。

それは私が望んだことではないけれど、外見に見合った同レベルの人間同士が自然と引き合う法則のようなもの。

イケメンの裕也が、ブスな私と付き合うはずがない。

その証拠に、話しかけられたこともないじゃないか。

また以前の私に戻ってしまうけど、このまま生き地獄を味わうよりマシだ。

迷うことなく【願い事】を叶える。

元の私に戻るのが、今の願いだ。

あと一つ二つ、叶えたほうがいい。でも願いは一日一個まで。これじゃ、完全にブスには戻れない——。

【鼻を低くする】【三年】

「えっ？　叶えられるの？」

もしかしたら、元に戻るならいくつでも選択できるの？

それなら確実だ。

何から何まで最初の私に戻れば、絶対に裕也とは縁が切れる。

こんな確実な別れ方があるだろうか？

一刻も早く裕也と離れたい私は、すぐに鼻を低くすることにした。

まだだ。

まだ不十分だ。

【唇を薄くする】【二年】

【エラを加える】【二年】

【胸を小さくする】【三年】

【歯並びを崩す】【二年】

【二十キロ増やす】【二十年】

【十五センチ低くする】【十五年】

これで完璧だ。

明日になれば、私は【ブス】に逆戻り。

せっかく南くんから貰った寿命は、もう残り【二年】しかないけど、それより裕也と別れたい。

その一心で、ほぼ寿命を使い果たした。

身長が一五五センチ。

体重が七十三キロ。

ほぼ、アプリに出会う前の私だ。

これでいい。

もう戻ってこないもの、取り戻せないものはたくさんあるけど、これ以上、何かを失うわけにはいかない。

初めこそ神アプリだと思った。

これさえあれば、叶わない願いなんてないんだと。

でも違った。

これは、神にも悪魔にもなるアプリだ。

強引に自分を変えることは、一歩間違えると、まわりとの関係や過去を劇的に変えてしまう。

安易に変わるべきじゃない。

それに、ようやく気づくことができた。

明日、目を覚ませば私はブスになっている。

桃子はまだ友達でいてくれるだろうか？

我ながら勝手だとは思うけど、無性に桃子に会いたい。

私は、久しぶりに心から眠れたような気がする。

生まれ変わった自分を思い描きながら――。


目が覚めるとすぐ、顔を触った。

鏡がないから、自分の顔がわからない。でも手探りで充分だ。

懐かしい、見知った顔。

重たいまぶた、筋のない鼻、うっすい唇と、その奥に並んだ不格好な歯。エラは張っているし、何より――。

出っ張ったお腹。

脇腹の肉は、いくらでも掴むことができる。

誰が見ても正真正銘なブスとして、私は目を覚ました。

こんな私と、付き合いたい男子なんていない。

ましてや三鷹裕也は学校一のイケメンだ。カースト最上位の王子様。

私が生まれ変わった時点で、縁が切れていることだってあり得る。

私とすれ違っても、ゴミ屑を見るような視線を送ってくるだけかもしれない。

別れる別れないのゴタゴタすらないかも——。

それならそれで困ったな。

だって、じゃあ誰がこの地下室に来る？　使われていない別荘の、それも人が寄りつかない地下室に。

もう何日も飲まず食わずだ。

せっかく裕也と別れることができたのに、ここで餓死《がし》する？

そんなバカな⁉

いても立ってもいられず階段にのそのそと駆け寄った時、扉が開かれた。

灯りが、私を照らす。

ブスな私を——。

階段をおりてきたのは、裕也だった。

一歩ずつ後ずさりする私と、怪訝な顔で階段をおりきった裕也。

「——死んだのか？」

南くんの死体を見つめたまま、私に尋ねる。

変わり果てた私に。

頭の中が混乱して答えられないでいると、ようやく南くんから視線を引き剥がし、裕也が私を見やった。そして、ゆっくりと口を開く。

「殺したのか？」

どういうことだろう？

裕也が地下室から出ていく前と今とでは、私は明らかに変わっている。

それなのに、どうして裕也は態度を変えないの？

それでも、私は無意識に頷いていた。

裕也が近づいてくる。

大丈夫だ。もう、この男と私は無関係。

ただのクラスメイトにすぎない。

大丈夫だ。大丈夫——。

「渚、愛してる」

そう言って裕也は、私にキスをした。

ブスな私に——。

パラパラ

「おはよう、渚」

教室に入ると、待ち構えていたように声がかかる。

裕也と付き合い始めてから、私に挨拶する女子はいない。

朋美や優衣とは距離を置くようになったし、私がキレイになったことで、井沢さん柴田さんグループとも関わりがなくなった。

今もそれは変わりないけれど——私は挨拶を返した。

「桃子、おはよう」

少し照れ臭い気もする。

けれど、まじまじと桃子の顔を見ていた。

「何？　なんかついてる？」

「ううん、懐かしいと思って」

「懐かしい？　変なの」

桃子が笑った。

決してキレイじゃないけど、心から安心できる笑顔だ。

私は戻ってきた。

元いた場所に。

でも、元どおりではない。

「おはよう、桃子、渚」

「おはよう、京子《きょうこ》」

私は京子こと、井沢京子に挨拶をした。

すぐに私たちグループは膨れ上がる。

以前は桃子と二人きりのはずだった関係性が、変わったんだ。

それは桃子自身が外見を変えることなく掴んだ位置。そのおこぼれを貰ったわけで、
みんなで楽しくお喋りをする。

だけど、変わっていないこともある。

変わるはずなのに、変わっていないことが。

「なに話してたの?」

京子が私たちの間に入ってくる。桃子がすぐ答えた。

「渚、なんかボーッとして変なんだ」

「もう、幸せボケってやつ?」

そう言って二人はにやけている。

少し遠い席から、裕也が振り返った。

優しい顔をして微笑んでいる。

変わっていないこと——それはまだ、私と裕也が付き合っているということだ。

どうして?

いくつものクエスチョンが頭をぐるぐると回る。

鏡で、ちゃんと確認した。

でももしかしたら、自分の目にだけブスに映っているんじゃないかと勘ぐったけど、すぐに思い知った。

まわりが私を見る、なんの感情も込められていない目。

思い出したんだ。

久しく忘れていた、底辺を見る視線。

やっぱり私は【ちゃんと】ブスに逆戻りしている。

それなのに、どうして?

あのあとすぐ、私は解放された。

裕也は私が南くんを殺したと思っている。

自分への愛の証として、殺したのだと。

南くんの死体をどうしたのか、怖くて聞けない。ただ行方不明になったと学校では囁《ささや》かれていた。


だからだろうか？

私が裕也への愛を証明したから？

だから裕也は私にキスをした？

いや違う。


【三鷹裕也が一生、私だけを愛するようになる】

この願い事のせいじゃないのか？

いくら考えても答えは出ない。

でも、三鷹裕也という冠が、私の地位を押し上げていることは確かだ。

それによって生まれる障害もあった。

「ブス、こっち見んなよ」

わざと聞こえる声で毒づくのは、柴田麻里恵《まりえ》。

ギャルの一大勢力である柴田さんグループは、朋美たち上位メンバーが勢いを失ったことで、トップに上り詰めようとしている。

ただ、私から言わせてもらえば華がない。

桜庭朋美のような、そこに佇むだけで大輪の花が咲くような気品がない。

品位のカケラすらない。

見た目を派手に着飾ることと大勢で群れることでしか、のし上がれない集団だ。

「目が腐るんだよ、こっち見んな」

と、口汚く罵ってくる。

私と柴田さんは接点がなかったのに。

私がカーストを上り詰める途中で、わずかに通じ合ったくらいで、それは私にとっては通過点にすぎなかった。

それが再び立場が入れ替わり、最下位の私なんて相手にしなくてもいいのに、気に入らないんだ。

私が裕也と付き合っていることが。

底辺の私が、あんなイケメンの彼女だということが許せないのだろう。

きっと、裕也と付き合いたいんだ。

好きとかじゃなく、朋美、優衣、そしてキレイだった私と、裕也を彼氏にすることはトップの証だから。

だから事あるごとに、柴田さんは私に絡む。

そしてそれがイジメに発展するのには、そう時間はかからなかった。

イジメというものは、どこか秘密裏に行われるものなのに――。

「うわ、ブスがうつる！」

廊下ですれ違いざま、柴田さんとその取り巻きが大袈裟に顔をしかめる。

「ブスはおとなしくブスと交尾しとけよ！」

教室内でもお構いなしだ。

ただ、裕也がいない時に限ってのことだが。

「気にしなくていいよ」と桃子が励ますと――。

「ブス同士、何を慰め合ってんだよ！　きもっ！」

「ちょっと!!」

思わず私は立ち上がった。

「渚、ほっときなって。怒ったら負けだよ」

桃子に腕を引っ張られ、渋々、イスに座った私を嘲笑う声がする。

同じグループでも、京子たちは我関せずだ。

他のクラスメイトもそうだけど、どこか仕方がないという流れがある。

以前の姿に戻った私が裕也と付き合えるのだから、それくらいのやっかみは受けるべきだという、雰囲気。

唯一、桃子だけが親身に声をかけてくれる。

だからこそ余計に、桃子が巻き込まれるのは許せない。

私はいい。

自分だけなら我慢できるけど、大切な友達の陰口は聞き流すことができない。

一度は捨てた友達かもしれない。

でも以前の私なら、陰口を囁かれたら貝になって心を閉ざしただけ。

それが今は、食ってかかろうとしている。

私は変わった。

心が、変わったんだ。


柴田さんグループからのイジメは、ある意味とてもわかりやすかった。

私物を隠される。

それはどこかに隠されるわけじゃない。

教科書も体操服も机も、二度と戻ってこないのだ。

靴にいたっては、毎回毎回、焼却炉で燃やされていた。

今では、私物を持ち歩いている。

廊下ですれ違う際には、足をかけられるか体当たりされるか、不意に背中を突き飛ばされることもある。

これ見よがしのイジメは、とても攻撃的だった。

「渚、大丈夫？」

そういう時、桃子が一番に心配してくれる。

私は一人じゃない。

同じように、いや、それ以上に傷ついた様子で気づかってくれる友達がそばにいてくれることが、イジメに耐えられる力となっていたんだ。

それでも――と、思うことはある。

もし私がキレイなままだったら、ここまで目の敵にされただろうか？

いや実際、柴田さんからは睨まれる程度で済んでいた。

こうまでして痛めつけられるのは、私が醜いから。

ブスだから少しくらい痛めつけてもいい。そう思っているに違いない。

けれど、私が数々の仕打ちに打ちのめされないことがわかった柴田さんは、やっと私から手を引いた。

その矛先が変わったんだ。

「いたっ！」

悲痛な声とともに、桃子が体育館の床に転んだ。

バスケの授業がストップする。

「桃子、大丈夫⁉」

「うん、大丈夫」

「でも今、突き飛ばされたんじゃ――？」

桃子の背を撫でながら、私は睨みつけた。

「はぁ？　あたしが押したって言うの？　冗談は顔だけにしろよ」

「押したじゃない!!」

「だから、その顔で何えらっそうに言ってんだよ!!　ざけんなよ」

と、柴田さんはボールを投げつけてきた。

私、じゃなく、まだ立ち上がれない桃子に。

「ごめーん。ブスが鈍臭いからさー」

「桃子だって？　どこらへんが桃なんだよ」

「類はブスを呼ぶってね」

耳を塞ぎたくなる悪意ある言葉が、容赦なく突き刺さる。

私はいい。

私は我慢できる。

でも、桃子まで巻き込むなんて――許さない!!

「ちょっと!!」

「なんだよ、ブスがいきがってんじゃねーよ!!」

「渚!!」

殴ってやろうと向かっていく私を、桃子が力づくで止める。

「桃子、悔しくない？　あそこまで言われることないよ!!」

「いいの。私はいいから」

涙目で言われると、怒りを抑えるしかない。

そんな私たちを見て、さらにバカにするんだ。

でも柴田さんの狙いは当たっている。

私を痛めつけたいのなら、私そのものじゃなく、桃子を攻撃すればいい。

それはとても効果的だったけど――。

「私はブスだから。柴田さんの言うことは正しい」

ある時、そう言って桃子は力なく笑った。

けれどそれは、諦めとも悲しみともつかない、とても優しい笑顔。

おそらく桃子という女性は、人を許すことができる広い心の持ち主なんだ。

だから柴田さんも相手が悪かったかもしれない。

これが私と同じように傷つき、涙し、怒り、やり返すのであれば、イジメがいもあっただろう。

どう攻撃しても、怒りをすべて吸い込んでしまう桃子に、次第に柴田さんがイラつき始めたのがわかった。

だから、再び方向転換することにしたらしい。

「篠田さーん、よかったらお昼、一緒に食べない？」

そんな猫なで声に、桃子がギョッと身がまえる。

それもそうだろう。

昨日まで散々『ブス』という言葉の槍《やり》を投げつけられていたんだ。

それが手のひらを返したようにすり寄ってきても、いったい誰が信じられる⁉

私は柴田麻里恵を睨みつけた。

「なんか、ずっと悪いことしてたなって。麻里恵、反省したんだー」

「はぁー⁉」

誰が麻里恵だよ、気色悪い‼

罵り返してやろうかと思ったけど、それより先に桃子が許してしまった。

「何も気にしてないからいいよ。一緒に、食べよっかな」

そう、これが篠田桃子なんだ。

それからも、麻里恵は桃子を何かと構った。

お昼を一緒に食べたり、かわいらしいメイクをしてあげたりと、笑い者にしている素振りはない。

「麻里恵ちゃんは、とっても優しい子だよ?」

どんどんギャル化していく桃子にそう言われても、私は絶対に信じなかった。

ボディーガードとして桃子に張りつく。

何か魂胆があるはずだ。

さんざっぱら人をこきおろしておいて、急に改心なんてするはずがない。

本当の狙いは何か、つねに目を光らせていたが——。

「パラパラ?」

「そう、今度の文化祭でやるんだよね。メンバー足りないし、桃子と渚にも参加してほしいんだよー」

両手を合わせて肩をすくめるけど、白々しい。

どうせ踊れない私たちをバカにするつもりだろう。

どうする?と私にアイコンタクトしてきた桃子に向かって、全力で首を振った。

「なんか楽しそう。やってみようかな?」

人のいい桃子は、すっかり信用しているみたいだけど、私はそうはいかない。

「私はやめとく」

「渚、やらないの?」

「やるわけないし!」

机をバン‼と叩いて立ち上がる。

いくらなんでも人がよすぎる。毎日毎日、罵られたのを忘れたの？　ブスだから仕方がない？

冗談じゃない‼

私の怒りの矛先は、呑気《のんき》に振りつけを習っている桃子にも向けられていた。

教室の片隅で、階段の踊り場で、体育館を貸しきり、桃子は麻里恵たちグループと、真剣にパラパラを練習していた。

何度も何度も誘われたけど、私は絶対に首を縦には振らない。

でも、あれから一切、ブスなどと罵られない平穏な毎日。

もしかしたら、本当に改心したのか？

私としては、桃子が楽しそうにしているならそれでいい。

井沢さんたちの例もあり、桃子はアプリなんか使わずに、自分の人徳で人の輪を広げているのかもしれない。

それをいつまでも目くじら立てるのも大人気ないけど、それと同時に、なんだか桃子が遠くなっていくようで寂しい気持ちもあった。

「渚ー！　写真とってー！」

お昼休み、ひととおりの練習が終わったのか、ユーロビートの音楽が途切れたところを呼び止められた。

すっかりギャルとなってしまった桃子。

スマホを手渡され、全員がポーズを決める。

なんだか麻里恵たちグループに馴染んでしまっていた。

だから悔しかったのかもしれない。

気づくと私は、自分のスマホを取り出していた。

「よかったら一人ずつ撮らない？　あとで全員に送るからさ」

そう言って、自分のスマホに写真をおさめた。

アプリに登録するために――。


文化祭のメインイベントは体育館で行われる。

頑張った踊りの成果を私にも見てほしいと、桃子ははしゃいでいた。

よからぬ魂胆があるんじゃないか？と、ずっと麻里恵たちを疑っていた私も、弾けんばかりの友人の笑顔に戸惑う。

取り越し苦労なのか？

柴田麻里恵が改心したとは、とても思えないけど――。

そんな時、桃子は私に言った。

「疑うことは簡単だけれど、信じてみようと思うの」

確か、以前にも聞いたセリフだ。

あれは私がキレイだったころ。

裕也のことで悩んでいた私は、桃子に悩みを打ち明けた。

その時、桃子は『信じることが大切』と、教えてくれたじゃないか。

それでもし裏切られることがあっても、それは仕方がないこと。

まずは信じる気持ちが大事。

桃子はそういう性格だ。

だから私は、桃子が好きなのかもしれない。

せっかく桃子が一生懸命頑張って、振りつけを覚えたんだ。

ここは応援しなきゃ。

コピーバンドやエアギター、アニソンなんかのバンドのステージがひととおり終わり、いよいよ桃子たちの出番が近づいてきた。

色鮮やかな照明が、ステージを照らす。

そこに麻里恵たちギャルが登場する。

私は後ろのほうの桃子に手を振ると、それに気づいた桃子が笑顔で振り返してきた。

なんだか私までうれしくなってくる。

いよいよ、パラパラが始まった。

軽快なユーロビートに乗せて、ステップを踏みながら踊る。

難しい手の動きも、練習の甲斐があってか桃子もついていけていた。

ミラーボールのような照明が忙しなく舞台を照らし、体育館のボルテージも上がっていく。

ひょっとしたら、桃子の衣装だけ極端に地味じゃないのか？

ひょっとしたら、桃子だけ違う振りつけを覚えさせられているんじゃないか？

ひょっとしたら、舞台上で桃子を突き飛ばすんじゃないか？

なんていう私の疑いは、どうやら思い過ごしだったよう。

一糸乱れず踊る麻里恵たちに、私たち観客も強く引き込まれていった。

何度かフォーメーションを入れ替えながら、シルバーの煌《きら》びやかなワンピース姿で踊る桃子。

その表情はとても自信に満ちていて、ブスなんかじゃない。

桃子は心もキレイだ。

ついさっきまで、麻里恵のことを疑っていた私なんかとは大違い。

ああやって、アプリを使うことなく人の輪を広げていく。

私も疑うばかりじゃなく、信じてみないとな――。

ちょうど桃子が真ん中に来たタイミングで、私は大きく手を振った。

踊るのに忙しい桃子は微笑んだだけだったけど、どうやら伝わったようだ。

私の、信じる気持ちも伝わったはず。

早く桃子を抱きしめたい――。

その時、照明が中央の桃子を捉える。

なぜか桃子は上を見上げた。

その顔に、大量の水が降り注ぐ。

「桃子っ!?」

全身がずぶ濡れになった桃子は舞台上に倒れ込んだ。

無様に転んだ姿に、観客がドッと笑う。

これも演出の一部なの?

何も知らない観客たちがさらに盛り上げ、麻里恵たちは桃子を無視して舞台の前にせり出てきた。

ここで曲調が一気に変わる。

高速のパラパラをロボットのように完璧に踊る、ギャルのグループ。

この速さは、とても桃子にはついていけないだろう。

収拾がつかないくらいの盛り上がりを見せる中、私は壇上に駆け上がった。

舞台袖から桃子の名を呼んだと同時に、桃子が駆けてくる。

激しく体が震えているのは、きっと水の冷たさだけじゃない。

信じきっていた麻里恵に裏切られ、惨めな姿を大勢に晒《さら》したからだ。

「桃子――？」

私が伸ばした手を振り払い、どこかに行ってしまった桃子。

頬を流れていたのは、紛れもない涙。

あとを追いかけようと思ったが突然、目の前に麻里恵と同じギャル男が現れた。

その手にバケツを持っている。

さっと上を見上げると、ハシゴで登れるようになっていて、たくさんの照明の間から桃子めがけて水をぶちまけたんだ。

「ちょっと待ちなさいよ！」

きっと麻里恵の仕業だ。それなら悪事を暴いてやらなきゃ!!

「麻里恵に頼まれたんでしょ!?」

「な、なんだよ!?　俺は知らねーよ！」

「うそ！　始めっから桃子を傷つけようとしたくせに!!」

「知らねえって言ってんだろうが!!」

ギャル男に、ドンッと肩を突かれた。

ハシゴに背中を思いきりぶつけ、その間にギャル男が逃げていく。

私が追わなかったのは、ぶつかった拍子でハシゴが大きくグラついたからだ。

反対側のハシゴと繋がっていて、いくつもの照明が揺れる。そうじゃなくても、麻里恵たちを輝かせている光は、自動で首を振っているんだ。

もし今、このハシゴが倒れたら——？

思わずハシゴを握っている手に力を込める。

歓声を一心に浴びて踊り続ける、麻里恵たち。

はなっから、桃子を陥れようと誘ったんだ。それを素直な桃子は受け入れた。もしかしたら騙《だま》されているかもしれないけど、信じてみようと——。

水浸しになり、嘲笑いの的となった桃子の悲しみが、私には痛いほどわかる。

同じ悲しみを、あいつらに味わわせてやりたい。

いや、それ以上の苦しみを味わわせてやる。

今度はお前たちが罵られればいい。

きっと照明は、その顔を傷つける。

【ブス】の気持ちが、これでわかるだろう。

私は傾いたハシゴを、力いっぱい押す——。

その手を、引き戻した。

きっと桃子は、こんなことを望んでいない。

誰かを恨んだり、復讐《ふくしゅう》したり、桃子は望んでいない。

もしここで麻里恵を傷つけたなら、桃子はその麻里恵のために涙を流すだろう。

あんな仕打ちを受けたのに。

だからダメなんだ。

こんなことしちゃ、ダメだ――。

「てかさー、マジでウケんだけどー!!」

流れている音楽が大きいからだろう、麻里恵は大声で仲間に話しかけた。

その間も、手は別の生き物のように動いている。

「渚のために頑張って踊るんだってー。バッカじゃね!?　お前みたいなブスがいくら練習しても、踊れるわけないっていうの！　パラパラなめんなって話！」

一字一句、私の耳にはっきり聞こえてくる。

「あんまりブスだから、私ずっと息とめてたー!!」

「私も！　てか、あの顔あり得なくね？」

「だよねー!!　あたしならとっくに死ぬわー！」

まわりの奴らの声も、私の耳にはっきり聞こえてくる。

「ブスはブスらしく、おとなしくしてろって！　なんなら、あたしらで殺すー？　もう視界に入るだけでゲロっちゃうからさー、いやマジで!!」

麻里恵の言葉に『殺す』コールが始まった。

そろそろ、最後のキメポーズに入るころだろうか――?

私は今度こそ、ハシゴを押した――。

ぐしゃり。

肉と骨が潰れる音がした。

究極の願い事

「桃子、おはよう！」

私が極力、明るい声で挨拶をすると、桃子は少し微笑んだ。

「おはよう」と。

やっと少し元気が出てきたようだ。

あの事故から一週間、ようやく学校は普段の日常を取り戻しつつあった。

それでも桃子は、三日ほど学校を休んだ。

無理もないかもしれない。

麻里恵だけじゃなく、総勢九人のうち、二人が死んだ。

残りの七人もケガをして、いまだに休んでいる。

不幸な事故。

水浸しになった舞台で、なんらかの力が加わり、骨組みが崩れた——というのが、表向きの原因とされた。

真相は私にしかわからない。

「お昼、一緒に食べようね?」

私がそう言って微笑むと、桃子は不思議そうに首をかしげ……やがて頷いた。

「ありがとう」

「お礼なんていいよ」

「ううん。本当にありがとう——葉月さん」

私に向かってお礼を言った。

再び、キレイになった私に向かって——。

麻里恵が死んだ。

その数日前、私は麻里恵たちグループの写真を撮ってアプリに登録した。

亡くなった二人の寿命は合わせて【七十年】。

私が再び美しく生まれ変わるのには充分な年数だ。

迷うことなく【課命】する。

これでもうブスだと罵られなくてもいい。私を見る目も変わるだろう。華やかなスクールライフを取り戻せるんだ。

桃子には悪いけど、私はブスにはなりたくない。

容姿をバカにされるか妬まれるかなら、後者を選ぶ。

「渚って呼んでってって何度も言ってるじゃん!」

「うん、でもなんだか恥ずかしいし」

うつむき加減の頬が、少し赤く染まる。

それを私はかわいいと思う。

でもそれは、私が桃子の心の美しさを知っているから。

あれだけひどいことをされても、桃子は麻里恵を恨むどころか、涙を流した。

けれど——何も知らないまわりの人間は、篠田桃子をブスだと思うだろう。第一印象は外見だ。心の清らかさが伝わるのは、相当な時間がかかる。

変身できるすごいアプリがあると桃子にも教えてやろうかと思ったけど、やめておいた。

きっと桃子は言うだろう。

「私には必要ないから」と。


南くんが死んで私がブスに戻った時、裕也の態度が変わった。

粘り気のある愛は変わらずだけど、以前ほどには縛りつけることもせず、穏やかになったんだ。

それはたぶん、私に言い寄ってくる男子がいないから。

ブスには見向きもしないことが裕也に気持ちの余裕を与えたのか、暴力を振るわれることもなかったのに。

それが再びキレイになった今は――。

「バスの運転手に媚《こ》びてんじゃねーよ!!」

「さっき、あの担任と笑ってなかった？」

「お前が見ていい男は、俺だけ。俺以外、見るな」

束縛が厳しくなった。

言葉の鎖が重くなり、ぎしぎしと音を立てて私の体を締めつけていく。

少しでも逆らおうものなら、すぐに手が飛んでくる。

機嫌が悪いと、足だ。

だから私は、裕也を怒らせないよう怒らせないよう、まわりの男子をシャットアウトしていた。

でもきっと、女子ならいいはず。

極度に嫉妬深いのは、私が他の男子と関わるからであって、それが女子……桃子なら問題ない。

つねに桃子と行動を共にし、裕也との間のクッションになってもらっていた。

これなら裕也も文句を言うはずないよね――？

「最近、なんであいつと一緒にいんの？」

「なんでって、友達だから」

「俺より友達が大事？　この俺より？」

「そんなこと――」

私が返答に困っていると、裕也が言った。

「あんまり仲良くしてるとさ、俺、あいつ殺しちゃうよ？」

本気だ。

冗談めかして言っているけど、目が笑っていない。

南くんの指を一本ずつ切り落とした男だ。桃子を消してしまうなんて、わけないだろう。

決して逆らっちゃいけない。

決して怒らせちゃいけない。

決して嫌がっちゃいけない。

この三カ条を胸に刻み、私は裕也との交際を続けていたけれど――。

「渚、愛してる」

「――私も」

裕也の家のベッドで、私たちは抱き合っていた。

何もなければ、裕也はとても優しい。イケメンだし、全女子の憧れとこうして付き合っていることは、私の価値まで引き上げられているような気になる。

あくまで【何もなければ】の話だけど――。

「渚」

私の毛先、手の甲、くびれた腰、裕也がそれらを柔らかく撫でて確認する。

円を描きながら頬に触れ、その唇が近づいてくる。

私は目を閉じた。

唇に、裕也の息づかいを感じる。

もう触れる。

唇と唇が、触れ合う至福の時。

本来ならば胸を突き上げるような幸福が訪れるはずなのに、私の胸に込み上げてきたのは――吐き気だった。

「うっっ‼」

うめいた私は、裕也の胸を突き飛ばして部屋を出る。

トイレに飛び込み、吐いた。

吐けるものが何もなくなるまで、吐いた。

じつを言うと、ここ最近、体調が悪いからとやんわり裕也を避けていた。

嘘じゃない。

吐き気がするのは事実で、初めのころは優しく背中をさすってくれていた裕也だったけど——。

「渚、大丈夫か？」

すぐドアの向こうで、私を気づかう声がする。

これで何度目だろう？

そろそろ、裕也の怒りの導火線に火がつかないか？

生理痛だとの言い訳も、通用しなくなってくるだろう。

しばらくして呼吸を落ちつかせてから、トイレを出る。

目の前に、裕也が待ち構えていた。

「ごめんね」と私が謝る前に、裕也が尋ねてきた。

「そんなに、俺とキスするの嫌？」

「違う!!」

「じゃ、何？」

「それは——」

「ほら答えられないじゃん。それが答えだよ」

と、腕を引っ張られる。

爪が容赦なく食い込み、力の強さが怒りの強さと比例しているのがわかった。

部屋に入るなり、肩を思いきり突き飛ばされ、ベッドに倒れ込む。

「裕也、お願い――やめて」

「やめねーし。彼氏とキスできないって、何？」

「だからそれは――」

「それはなんだよ!! 俺が、俺がこんなにお前のことを愛してるっていうのに、お前は!!」

拳を振り上げた裕也が、殴りかかってくる。

とっさに身を縮めながら、私は叫んだ。

つい、叫んだんだ。

「私、妊娠してるかも!!」

「えっ⁉」

裕也がピタリと止まった。

今にも振りおろされようとしていた鉄槌《てっつい》は、力なく行き場をなくしたかと思うと、やがて私の頭を撫で始める。

「ホントに？　ホントに俺と渚の、子？」

「あ、当たり前じゃない」

「マジで⁉」

「――うん」

「マジかよ」

呆然自失《ぼうぜんじしつ》といった様子の裕也だけど、私を優しく愛撫する手は止まらない。

その手には、これまで一度として感じたことがない、思いやりが込められていた。

「腹、触ってもいい？」

「いいけど」

私が頷くと、おそるおそるといったふうに、真っ平らなお腹に手を置いた。

あれだけ拳をめり込ませていたお腹なのに、初めて触るみたいで――私はなぜか、自分が優位に立っていると感じた。

裕也に対し、初めて主導権を握ったような。

あれだけ怖れていた男が、子供のように思えたんだ。

「俺の、赤ちゃん？」

「そう、裕也と私の」

そう言って、私は手を重ねた。

すると裕也は、体を丸め私のお腹に顔をすり寄せる。

その頭を、私はきつく抱き寄せた。

――勝った。

負けっぱなしで、これからも負け続けるしかなかった裕也との交際に、私は勝ったんだ。

「俺と渚の、愛の結晶」

「そうだよ、私と裕也の愛の証」

それを愛だと呼ぶのなら——。

それからというもの、裕也は見違えるように変わった。

何を差し置いても私と、お腹の中の赤ちゃんを最優先にし、いたわりと思いやりに溢れている。

もちろん、暴力を振るうこともない。

言葉で傷つけることもない。

会えば私を気づかい、体調を心配し、愛を囁く。

私自身、まさかこんなにも裕也が変わってしまうとは思わなかった。

この年で子供ができたなんて、ともすればそれは障害でしかないのに、裕也にとっては二人の愛の賜物らしい。

私を束縛し、罵声と暴威で支配しようとしていたあのころが、嘘みたいだ。

「渚、一生、大事にするから」

そう言って、私【たち】を抱きしめる。

安定期に入るまでは、過度に触れ合わないようにすると約束してくれた。

温もりに包まれたまま、私は幸せに浸る。

でも——いつまでだろう？

あとどれくらい、この幸せは続くだろう？

それを考えるだけで、体の芯が凍てつく。今にも震えが込み上げてきて、叫びたくなってくる。

私は、妊娠なんてしていない。

あの場を取り繕うために出た、とっさの嘘だ。

つわりで吐き気がしたんじゃない。

理由は別にあるけど、本当の理由は口が避けても言えなかった。

その唇を見るだけで、南くんの指を思い出して吐き気がするなんてこと——絶対に言えなかった。


「もっと食べろよ」

そう言って裕也は、自分の分の唐揚げを私の皿に移した。

「そんなに食べられないって」

思わず笑ってしまう。

だってすでに私のお皿には、おかずが山盛りだから。

そんな裕也の優しさが溢れた唐揚げは、一味も二味も違っていた。

「渚は、男か女かどっちがいい？」

「えっ？」

一瞬、なんのことを言っているのかわからなかった。

「だからー、俺たちの赤ちゃんのことだよ」

「あっ、そっか」

「しっかりしろよな。んで、どっちがいい？」

「私は——女の子かな？」

「女かー。女なら、嫁に行かさないし、もし彼氏とか連れてきたら俺、殺しちゃうだろうなー」

「えっ⁉」

冗談とわかっていたけど、心臓がドキンと鳴った。

久しく忘れていたけれど、裕也ならやりかねない。

今は仮面を被っているだけ。

妊娠という鎧《よろい》を身にまとった私に、迂闊《うかつ》に手を出せないだけだ。

仮面の下には、恐ろしい素顔が隠されている。

それをほんの一時、私は忘れていたんだ――。

「これ、おねぇちゃんかわいいから俺からのサービスね」

お店のお兄さんが、そう言って餃子《ぎょうざ》をテーブルに置いた。

裕也の仮面に、亀裂が入る。

お兄さんは満面の笑顔で悪気はないんだろうけど、今の私にとっては悪意以外の何ものでもない。

けれど裕也は、にっこり笑った。

「食べろよ。二人分なんだからさ」

そして、そう言って上機嫌で餃子を食べ始める。

サービスで貰った餃子を食べている。

もし私が妊娠していなかったら、すぐに店を連れ出されて、突き飛ばされて、蹴られていただろう。

他の男の好意を受けるなんて、なんて女だ‼

俺という男がいながら、お前は最低の女だな‼

そう蔑《さげす》まれ、髪を掴んで引きずり回されていたに違いない。

たとえ私のせいじゃなくても、そんなことは関係ないんだ。

いつまで隠し通せるだろう。そして、それがバレた時、私はどうなるのだろう。

「なかなかうまいじゃん」

裕也の口が動いている。

油でその唇が滑《ぬめ》っている。

ぬらぬらと、ぬめっている。

いつしか私の視線は、釘《くぎ》づけになっていた。

目を閉じてしまいたい。すぐに、今すぐにでもきつく目を閉じてしまいたいのに、瞬きもせずにその唇に吸い寄せられる。

【南くんの指を食べた唇】に。

くちゃ。

音が聞こえる。

くちゃくちゃ。

音が聞こえる。

裕也が食べているのは餃子。裕也が食べているのは餃子。裕也が食べているのは餃子餃子餃子餃子餃子……。

どれだけ言い聞かせても、ムダだった。

むしゃむしゃ、と指を咀嚼する音だけが聞こえる。

その口から、指がいっぱい溢れてくる。

指が、指が、指が――。
私は、気を失った。

ここは――?
「渚、大丈夫か?」
目を覚ますと、枕元に裕也がいた。
心配そうに私の顔を覗き込んでいる。
体を起こそうとするも、力が入らない。気だるさが襲い、頭も重い。
確か、二人でご飯を食べていた。
中華料理屋さんで裕也が唐揚げをくれて、そのあと餃子を食べているのを見て――
そこから記憶がない。
「ちょっと無理してたのかもな」
裕也が寝汗で額に張りついた前髪を分けてくれた。
「渚だけの体じゃないんだから」と相変わらず優しい言葉をかけてくる。
でもそれは、裕也を騙しているから。
いつかバレる。
それなら早いうちに打ち明けたほうがいいんじゃないか?

勘違いだったと言えば、まだ間に合う。

まだ間に合うけど、私の口から言葉は出てこない。

今のこの温かい繋がりを、失いたくなかったからだ。

いつか確実に音を立てて崩れ去るとわかっていても、それを失うことは私にはできなかった。

「先生も言ってたぞ、無理しちゃダメだって」

「うん、ありがとう」

「俺たちの赤ちゃんなんだから」

「――うん」

お腹を撫でる裕也の手に、自分の手を重ねる。

「渚、一つ確認したいんだけど？」

「何？」

「――妊娠してないらしいけど、どういうこと？」

えっ⁉

裕也の顔から表情というものが、抜け落ちていく。

「俺、先生に言ったんだよ。お腹の中の赤ん坊は大丈夫ですか⁉　先生、俺たちの赤ちゃんを助けてください‼ってさ。俺、涙まで流してお願いしたんだよね」

「裕也、あの——」

「でもさ、それって渚も知らなかったんだろ？」

「えっ？」

「渚も今、知ったんだろ？」

「わ、わたしは——」

言葉が喉につかえて、呼吸ができない。

できることなら、このまま再び気を失いたい。

次に目を覚ます保証はどこにもないけど——。

「渚は妊娠していると思っていた。でもそうじゃないことを今、俺から聞いて初めてわかったんだろう？」

まるで物覚えの悪い子に言い聞かせるよう、一字一句に力を込めて、裕也が私に問いただす。

そうあってほしいという思いが、伝わってくる。

そうじゃないなら、そうじゃないなら滅茶苦茶になるから。

何もかもが——。

だから私はすぐにでも、驚いた振りをして悲しんだ振りをして、裕也の同情を誘わなければいけない。

けれど恐怖に支配されて、とてもじゃないけどそんな芝居はできなかった。

「今、俺から聞いて知ったから、泣いてるんだろ？」

「泣い、て——る？」

私は涙を流していた。

恐怖の涙を。

自分の頬に触れる。

濡れていた。

そのこともわからないくらいの、息ができない恐怖。

「そうか、渚もそんなに悲しいのか？」

そうかそうかと、訳知り顔で頷きながら裕也が私の頭を撫でる。

髪の毛に触れられるだけで、怖くて恐ろしくて止まらない涙を、赤ちゃんを喪った悲しみだと履き違えているんだ。

じゃなかったら今ごろ、叩きのめされているだろう。

「渚も喜んでたもんな。やっぱり悲しいよな？」

「——うん」

頷いておく。

それで誤魔化せるなら、何度でも頷いてやる。

それで裕也を、怒らせないで済むのなら——。

「俺も悲しいよ。俺と渚の、愛の証だったからさ」

「——ごめん」

「バカだな。渚が謝ることじゃないだろ？」

「うん、でも」

申し訳ない気が、しないでもない。

はなっから嘘なんだから。

妊娠など、していないのだから。

「何も気にすることないって。今は体を休めることを一番に考えな」

「ありがとう」

私は微笑んだ。

ようやく、微笑むことができた。

「ありがとう、裕也」と、もう一度お礼を言った。

「気にするなって」

裕也も笑顔で返してくれる。

そして微笑んだまま、私に言った。

「——それならもう、キスできるよな？」

次の瞬間、裕也の顔から笑顔が消えていた。
ものの見事に消え去っていた。
私の頬を両手で包み、冷たい目で見おろす裕也。
「妊娠してないなら、キスできるだろ?」
「ぐっ」
私は頷くことも、首を振ることもできない。
私には肯定する権利も否定もする権利もないんだ。
万力で締めつけられるように、がっちり頬を挟まれて声も出ない。
しかしゆっくり、ゆっくり裕也の唇がおりてくる。
その目をカッと見開いたまま――。
やがて唇同士が、触れた。
裕也の舌が、私の口をこじ開ける。
生き物のように歯肉を貪る舌の感触が、どうしても【指】にしか思えない。
南くんの、切断された指。
「うっ!!」
胃が激しく痙攣し、吐き気が込み上げてくる。
吐くものなんてないはずなのに――。

胃液だけを吐き続けた私は、力なくベッドに倒れる。

「俺と、キスしたくないのか？」

裕也の指先が、私の口から漏れた唾液をすくい取った。嫌らしく光った指先を自分の口に含む。

指、舌、唾。

もう私は、あの唇とキスすることはできない――。

「それじゃ、答えは一つだな」

そう言うと、私の首に手をかけた。

私の首を、締めつける。

ぎりぎり。

ぎりぎり。

「――死ねよ」


次に目が覚めると、再びベッドの上に寝ていた。

起き上がろうとすると、きりっと首に痛みが走る。

絞め殺されそうになったのは、夢じゃない。

その私を殺そうとした当人は、私のお腹の上で眠っていたが。

すやすやと寝息を立てている。

殺すことができなかったのか、自分のしていることを反省したのか、それとも――

もっといたぶってから殺そうというのか。

私にはわからない。

でもただ一つ、はっきりとわかったことがある。

私はそのうち、殺される。

殺される前に、なんとかしないと――。

今、もしナイフを手に持っていたら、その出っ張った喉仏を突き刺すのに。

今、もし拳銃を手にしていたら、迷うことなく引き金を引くのに。

今、もし絞め殺すことができるなら、ありったけの力を込めて首の骨を折ってやるのに。

でも、今の私にできることは、起こさないように息を潜めるだけ。

起こして機嫌を損ねないように。

そうやってこれから一生を過ごさないといけない。

永遠に縛りつけられたまま。

心から笑うこともなく――。

その時、スマホが鳴った。

画面を開く。
【新しい願い事が追加されました】
久しぶりに見る、アプリの願い事。
私は裕也の寝顔を見おろしながら、画面をタップした。

【三鷹裕也を消す】【二十年】

消えてなくなれ！

【三鷹裕也を消す】
【三鷹裕也を消す】
【三鷹裕也を消す】
それはお守りだった。
罵声を浴びせられたあと、その画面を食い入るように見る。
殴られたあとなどは、画面を見ながら眠りにつく。
【三鷹裕也を消す】
とっておきの切り札を今も、私は授業中に眺めていた。
今朝は登校中、無理やりキスをされて朝ご飯をすべて吐き出した。
裕也は、それがわかっていてキスを求めてくる。
私をいたぶることを、心から楽しんでいるようだ。
「三鷹裕也を――消す」
小さな声で呟くと、体の底から力が湧き上がってくるような気がした。

でも、一つ大きな問題がある。

どうしてすぐに実行しないのか？　どうして今もまだ耐え忍んでいるのか？　心のどこかでためらっているから？

三鷹裕也を消すことを、躊躇《ちゅうちょ》しているから？

ううん、違う。

今すぐ消し去ってやりたい。

跡形もなく——。

でも、裕也を消すには二十年
私の寿命の残りが、二十年。

つまり、三鷹裕也を消してしまうと同時に、私もこの世から消えてしまう。

せっかく裕也のいない生活が送れるというのに、それが一日や二日じゃ意味がない。

これを行うには、下準備がいる。

そう、準備が必要なんだ。

「京子、はいチーズ！」

私はスマホのカメラで、井沢京子の写真を撮った。

もちろん、アプリに登録するためだ。

だからといって、すぐ京子を殺すわけじゃない。さすがに私も、それはできない。

そもそも京子にはなんの恨みもないんだから。

ただ、念のためにこうやってクラスメイトの写真を撮ってアプリに登録する、いわば保険のようなもの。

「渚、私も撮ってー」

ようやく私のことを「葉月さん」ではなく、下の名前で呼ぶようになった桃子がやってくる。

「えっ!?」と思わず身を引いてしまった。

けれど次の瞬間、桃子の顔に悲しい影がさす。桃子がブスだから写真に撮る必要なんかないと、勘ぐったのかもしれない。

「じゃ、撮るよー!」

仕方なく、シャッター音を押す。

桃子もアプリに登録する——のではなく、撮った写真を見せてやった。

それは写真をかわいく加工する、まったく別のアプリだ。

私が桃子を登録するわけがない。

だって、桃子から寿命を奪い取るわけにはいかない。

大事な親友なんだ。

私が桃子を傷つけることはない。

それ以外は、どうなっても構わないけど。
それ以外は――。

「渚は、もし俺が死んだらどうする？」

不意に裕也が尋ねてきた。

これはよく考えなきゃいけない。

私の答えなんて関係ない。

裕也が納得する答えを、口にしなければいけないから。

本当の私なら「涙を流して喜ぶ」と言いたいところだけど、そうはいかない。だからジッと考え込んでから言った。

「裕也がいない世界なんて、考えられない」

少し心細そうに答える。

きっと満点の答えだと思ったのに、裕也が眉を寄せた。

「考えてみろって言ってんの。もし俺がいなくなったらどうする？」

「そんなの、考えられない!!」

「それはさ【死ぬ】ってことでいいんだよね？」

「えっ――？」

「俺は渚がいない世界で生きている意味なんてないから。もし渚が死ねば、すぐにあとを追って命を絶つ」

裕也の目は、真剣そのもの。

死んでまで追いかけられたんじゃ、たまらないけど。

「わ、私も同じ」

「死ぬってこと？　俺がいないと死ぬってこと？」

「——うん」

心にもないことだったけど、頷かないとこの場はおさまりそうにない。

「言葉でちゃんと言って」

「言葉で？」

「そう、ちゃんと渚の口から聞きたい。誓いを」

「——もし裕也がいなくなったら、私もあとを追って死ぬ」

かすれた声で誓いを立てると、裕也が抱きしめてきた。

強く。とても強く——。

それからだろうか。

裕也の様子が、少しずつおかしくなっていったのは。

「裕也、大丈夫？」

向かいに座る恋人を、私は心配する。

明らかに元気がないからだ。

それならそれで、私に降りかかる災難が少なくなるから放っておけばいい。むしろ、私にとっては喜ばしいことなのに、思わず声をかけてしまうほど裕也は虚ろだった。

目の前のパスタを食べるでもなく、ただかき混ぜている。

心なしか顔色も悪く、痩せたようだが？

「どこか具合でも悪いの？　ちゃんと食べてる？」

「ん？」と、そこで初めて気づいたようで、私が心配していることを伝えると、ようやく笑顔になった。

「俺のこと、心配してくれるんだ？」

「当たり前じゃない」

「ありがとう、渚」

ただお礼を言われただけなのに、驚いて言葉も出ない。

裕也が私にお礼を言った。

しかも、心から――。

つねに私を見張り、威嚇し、力を誇示していた。それなのに、今の裕也は完全に力を失い、ぼんやりしていることが多い。

私はまだ願い事を叶えてはいない。

裕也に消えてほしいと願ってはいるのに、寿命のことがあるから迂闊に手を出せないんだ。

それなのに裕也の様子がおかしい。

アプリの影響じゃないのに、ますますおかしくなっていった。

殴り飽きたのだろうか？

それならそれでいい。

ちょっとくらい生気がないほうが、付き合いやすい。

これまでのように、少しでも私が裕也から気をそらせば拳が飛んでくるようなこともない。

ナンパをされても、知らん顔をしている。

どこか投げやりにも見える裕也が気がかりではあるけど、このままなら願い事を叶える必要はないんじゃないか？

私もこれ以上、命を課せたくない。

「あそこのカフェ。リンゴのタルトがおいしいの」

そう言って、裕也の手を引っ張った。

大きな道路を渡った向こうに、お目当てのお店がある。

今なら車は来ていない。

「裕也は何を食べる？　アップルパイ？」

最近は口数も少なくなった恋人に話しかけ、道路を足早に横切った。

――ん？

振り返る。

強く引っ張るけど、裕也はびくともしない。

「どうしたの？　大丈夫？」

顔を覗き込むと、どこか遠くを見つめていた裕也が、私に焦点を合わせる。

何度か瞬きをして口を開いた。

「もう、二人でよくない？」と。

意味がわからず首をかしげるけど、それどころじゃない。

向こうから大型トラックがやってくる。

「危ないから早く渡ろう」

「他は何もいらない」

「裕也――？」

クラクションが鳴った。

けたたましいクラクションが。

「裕也！　危ないから早く!!」

シャツがべろんと伸びる。

全体重をかけて引っ張るも、裕也は動かない。

このままトラックに轢《ひ》かれて死ぬ気なの!?

クラクションが鳴り止まない。

私はとっさに掴んでいた手を離した——その手を、裕也に掴まれる。

「は、離して!!」

必死にもがくけど、裕也は遠くを見ているだけ。

それなのに、私の手をがっちり掴んで離さない。

肩を叩いても、足を蹴って暴れても、絶対に離そうとしなかった。

トラックはもう目の前。

「渚、一緒に逝《い》こう」

「嫌!?　離してよ！」

「俺と一緒に、逝きたくないの？」

いつもの裕也に戻った。

目に力が宿り、怒りの表情になる。

「永遠に、俺と一緒にいたくないの？」

「離して！」

「離さない」

「離してよ!!」

「離さない、ずっと」

そう言って、裕也は私を強く引き寄せた。

胸の中にすっぽり抱きしめられる。

暴れようがないくらい強く、潰れるほどに。

「渚、これでずっと一緒だよ」

「――いや」

「渚、愛してる」

クラクションが、すぐそこで鳴り響く。

ああ、私は連れていかれるんだ。

地獄の果てまでずっと、この男と一緒なの――？

だがトラックは、間一髪のところで私たちを避けていった。

「これ、私が作ったの」

食欲のなさそうな裕也のために作ってきた——のは建前で、じつのところ外でデートしたくないだけだ。

あの時のように、いつ車に飛び出すかもしれない。

ある時は駅のホームで身を投げようとした。

しっかり私の手を掴んで、道連れにしようとする。

いっそのこと一人で死ねばいいのに、私を巻き込もうとするから厄介だ。

何度も言うけど、私はまだ【三鷹裕也を消す】という願い事は叶えてはいない。

それなのにいったい、どうしたというのか？

その横顔に、かつてイケメンの見る影もない。

頬はこけ、目は落ちくぼみ、クマができている。

すべてに対して投げやりな感じだ。

「ほら、食べて元気を出して」

手作り弁当を勧めるのに、反応はない。

なかなか箸をつけない裕也を見兼ね「はい、あーん」と、卵焼きを口に運ぶ。

それでも真一文字に口を閉ざす裕也が、私の目を見つめて言った。

「口移しで食べさせてよ」

「口移し——？」

「そう、できるだろ？　俺のことが好きなら」

断るという選択肢はない。

久しくキスをしていないから、ひょっとしたら大丈夫かも？

なるべく噛まなくていいプチトマトを浅く口に含み、裕也の口に押し込んだ。

唇を離そうとした瞬間、ぐちゃぐちゃのトマトが押し戻されてくる。

「がっ‼」

やっぱりダメだ。

やっぱり――。

どうしても【指】の味がする。

トマトだと言い聞かせても、果肉の赤色が血の味を思い出させ、私はすべてを吐き出した。

殴られるだろう。

蹴られるだろう。

どう料理してやろうかと私を見おろし、舌舐めずりをしているに違いない。

今にも振りおろされようとする暴力に、身をすくめる。

今、に――も？

薄っすら目を開けると、思いもよらないものが飛び込んできた。

「――裕也？」

思わず立ち上がる。

殴られもしない。

蹴られもしない。

呆然と立ち尽くす裕也の前に、立ち上がった。

その目から、涙を流す裕也の前に。

「どうしたの？　最近の裕也、なんかおかしいよ？」

「――渚？」

「何？」

「渚」

裕也が私の手を握った。

「裕也、これ――？」

私は自分の手を見つめる。

裕也に両手を挟まれている、自分の手。

ナイフを握らせられていた。

そしてそのまま、裕也の喉元に――。

「渚、俺を殺して？」

「嫌、離して？」

「俺を殺してくれよ」

「離して！」

「俺をぶっ殺してくれよ‼」

その目から涙を流して『殺せ』と私に願う、裕也。

必死で抵抗するも、刃先が喉仏に埋まっていく。

「お願い裕也、やめて。こんなこと、やめて！」

「俺は渚を殺せない。それなら渚が俺を殺して、あとを追ってくれ」

「嫌よ‼」

「それしかないんだよ、もうそれしか‼」

喉に引き入れようとする力と、引き戻そうとする力が拮抗し、私たちの手は激しく震えていた。

今、私が力を抜けば、一気に喉深くまで刃が食い込むだろう。

「こんなの、異常よ！」

「愛してるからだ。どうしようもなく愛してるから」

「そんなの愛じゃない‼」

私は、足で裕也の膝《ひざ》を思いきり蹴り飛ばした。

体勢を崩し、ナイフが遠くに飛んでいく。

床に倒れ込んだ私は、すぐに立ち上がろうとしたけど、できなかった——。

「なんでわからないんだ？　俺の気持ちがなんでわからない！」

裕也の足が、お腹を蹴り上げたからだ。

一発、二発。

うめき声を上げ、体をくの字に曲げる。

「一緒に死ぬしかないだろう？　渚がやらないなら、俺が先に殺すしかないかな？」

問いかけながらも、蹴ることはやめない。

体を丸めることしかできない私は【死】を感じた。

このままじゃ、殺される。

こいつに殺される!!

「痛いか？」

裕也が、私の脇腹にぐりぐりとつま先をねじり込む。

痺れるような痛みに、意識がぼんやりしてきた。

「でも渚が悪い。俺は渚に殺されるなら本望なのに」

「やめ、て」

「俺を殺さなかった、渚が悪いんだからな」

やっと私の体から、足がおろされる。
あまりの痛みに咳き込んで、自分の体を強く抱きしめた。
視線の先にはナイフが落ちており、それをゆっくり拾った裕也が向き直る。
「俺にお前を殺させないでくれよ」
静かにやってくる足が、何かを蹴った。
手元に転がってきたのは、スマホだ。
慌てて引っ掴み、指を画面に這わせる。
「助けを呼んでもムダだ。二人とも死ぬまで終わらない」
そう言って、私の手の甲を踏みつける。
指が反り返り、激痛が襲ったけど、それでも私は指を休めなかった。
助けを呼ぶんじゃない。助けなんか必要ない。
私にはアプリがある。
願い事を叶えてくれる、神のアプリが。

【三鷹裕也を消す】【二十年】

望んでいた画面が開いた。

願いを叶えると、私の寿命を使い果たすことになる。
「渚、仲良く死のう」
ナイフを手に、裕也が迫ってくる。
私を殺すのが、うれしくて仕方がないという狂気の笑みを浮かべて——。
消えてなくなれ！
私は、願い事をタップした。

最終章

登録できません

ようやく平穏が訪れた。

三鷹裕也を【消した】ことで訪れた、平和な生活。

昨日、血走った目で私を殺そうとした裕也だったけど、ちょうど両親が帰ってきたため、ナイフをしまった。

「愛してる」

そう囁いて帰っていった裕也を、私は笑顔で見送る。

だって、もう二度と会わなくてもいいんだから。

「渚、なんか元気ないよね？」

桃子が教室に入ってくるなり言った。

「そう――かな？」

「うん、なんだか顔色が悪いよ？」

「ちょっと眠れなかったんだよね」

これは本当だった。

悪魔を消し去ったというのに、一睡もできなかったんだ。

それにはワケがある。

握りしめていたスマホを見た。

【六：五四】

時刻ではない。

時間だ。私に残された、寿命。

もう七時間を切った。

願い事を叶えるために使った寿命が【二十年】で、ほぼ使い果たしてしまったというわけだ。

仕方がない。

あのままじゃ、どのみち殺されていたんだから。

裕也がいない生活を取り戻すためには、必要なこと。

あとは、どうやって寿命を増やすか？

どうやっても何も、手段は一つしかないが。

「渚、三鷹くんが来たよ」

「えっ？」

桃子の言葉の意味が、しばらくわからなかった。

「渚、おはよう」と、裕也が微笑む。

どうして？

どうして裕也がまだいるの？

消したはず。

【二十年】を費やして消し去ったはずなのに――？

間違いなく願い事は遂行された。

その証拠に私の寿命はあと【六：五二】だ。着実に減っている。

「渚、真っ青だよ？」

桃子が心配そうに顔を覗き込んでくる。

答えられない私は、ゆっくりと近づいてくる三鷹裕也を瞬きもせずに見つめていた。

「具合でも悪いのか？　保健室にでも行くか？」

「――だ、大丈夫」

かすれた声で返事をする。

ひょっとしたら、恋人関係だけでも消え失せているかと思ったのに、裕也が私を見る目と気づかう言葉で、いまだ付き合いは継続しているのだと悟った。

まだ、願い事は叶えられていない。

そんなことって、ある？

これじゃ、私が死ぬのが先かもしれない。

せっかく二十年を払って、安息の日を手に入れたと思ったのに、意味がないじゃないか‼

どうしよう。

どうしよう。

私は教室を見回した。

ほぼ全員、アプリに登録してある。

その気になれば、寿命など奪い放題なのだが——。

ダメだ。

できない。

なんの恨みもない無関係なクラスメイトの命を奪うなんてこと、できない。

『渚、どうしたの？　大丈夫？』

『渚、どこにいるんだ？』

桃子と裕也からのメッセージを無視し、私は一人、スマホを睨みつけていた。

【三：二二】

私の命はあと、三時間と二十二分。

授業に出る気にもなれず、かといって帰るわけにもいかない。

私が生き残る術は、この学校にあるのだから。

『渚、みんなも心配してるよ？　具合でも悪いの？』

桃子からのメッセージが立て続けに送られてくる。

本当に私のことを心配してくれているのが、文面からも伝わってくる。

裕也も、初めこそ気づかう文章だったけど、少しずつ苛立ちが現れ始めた。

『何やってんの？　俺に連絡もしないで』

『男と一緒じゃないだろうな？』

『マジで殺すよ？』

メッセージだけじゃなく何度も何度も電話が鳴ったけど、それも無視する。

裕也は放っておけばいい。

願い事は聞き入れられたはず。

あとは【いつ】執行されるか、だ。今日中なのは間違いない。今日一日、裕也から身を隠せば、あいつは消える。

今、一番の問題は、私がその今日一日を生きて越せないということだ。

たとえ桃子でも、私を救うことはできない。

だって桃子はアプリに登録していないから。

【二：五九】

三時間を切った時、ちょうどチャイムが鳴った。

生徒たちが教室から出る、ため息が聞こえてきた。その後の喧騒も、理科室に身を潜める私にも届いてくる。

ここなら見つからない。

見つからないけど、どうすることもできない。

逆にいえば、ここにいては私は助からないんだ。

お昼の時間。

桃子は京子たちと食べているだろう。

私のことを心配してくれてはいるけど、同じ心配でも、命を案ずる私とは雲泥の差。

しかも桃子は、自分で道を切り開いている。

まわりを信じ、思いやりを持って接することで、人望を掴んでいった。グループが膨れ上がっていくと、不思議なことに『ブス』やらと罵られることもない。

それは、私がいくら命を課しても得られるものじゃなかった――。

私が得たものは、外見の美しさだけ。

それに心が伴ってなければ意味がないことに、ようやく気づいた。

残りの寿命が【二：四二】になって、ようやく。

でも、私は死にたくない。

あいつのせいで死ぬなんて、まっぴらごめんだ。

なんとかして寿命を、なんとかして――。

「あっ」

ふと思いついた。

そうだ。

まだ一つだけ手がある。

一人だけ【登録】していない奴がいるじゃないか?

寿命を奪うことに罪悪感を覚えないで済む奴が――。


「なんだ、こんなところにいたのかよ?」

三鷹裕也は、理科室にやってきた。

私と南くんの思い出の場所であり、私と裕也の最後の思い出となる場所に。

「大事な話ってなんだよ?」

「それは――」

言葉に詰まる。

呼び出すことに精一杯で、それ以上のことを考えていなかった。

私の頭には、裕也をアプリに登録して、寿命を奪うことしかなかったからだ。

殺して奪う必要はない。

放っておいても、裕也は消える。

それが事故なのか殺害されるのか、跡形もなく消え去るのかはわからないけど、消えることは確かだ。

それも私が、自分の寿命を二十年使って消すんだ。

消える前に登録すれば、寿命がそっくりそのまま戻ってくるはず。

とにかく、まずは写真を撮らないと——。

「あの、写真を撮りたいと思って」

ここは変に小細工せず、ストレートに頼んだほうがいい。

「写真？」

「私、絵を描いてたじゃない？　だから裕也にも絵をプレゼントしようと思って。それには写真がいるでしょ？」

淀《よど》みなく言いながら、名案だと思った。

これなら裕也も疑わないはず。

「なら描けよ」

「えっ？」

「ここに描き終わるまでいてやるから」

「いや、でもそれは――」

「なんだ？　どうしてもスマホで撮らないといけないワケでもあるのか？」

裕也が目を細め、一歩、詰め寄ってくる。

「だって完成するまでずっと同じ姿勢だよ？」

「俺は構わないけどな」

「六時間くらいかかるから。それでもよかったら今から描くから座ってくれない？」

近くのイスを勧め、右手で描く素振りをした。

ペンも紙もない。

一か八かの賭けだった。

すると――。

「六時間は長いな。まぁ、写真でいいか」

イスには座らず、そう言った。

「明日には渡すから」と、アプリを起動させてから写真を撮る。

――明日には、お前はいないけどな。

心の中でそう呟きながら。

そして私は、お前の代わりに明日を迎える――。

「ここ、思い出すな？」

「――そうだね」

本当は思い出したくない思い出だけど、適当に話を合わせなくちゃいけない。

すぐに、今すぐにでも裕也を【登録】しないといけないからだ。

「俺を騙して、あいつと逢引《あいびき》してただろ？」

「でも、今は裕也一筋だよ」

【名前を入力してください】

「そうだな。あいつを殺して俺への愛を証明したもんな」

「私は裕也を愛してるから」

【三鷹裕也】

「俺も愛してる」

「私も」

【登録しますか？】

「殺してしまいたいくらい、愛してるよ」

【はい】を押した。

死ぬのはお前だよ――。

【登録できません】

え？　なんで？

すぐにもう一度、押してみた。

【登録できません】

「また渚がここで他の男と会うことを考えただけで、俺は狂いそうになる」

裕也が何か喋っているけど、言葉が耳から耳へと抜けていく。

写真を撮って名前を入力すれば、誰でも登録できた。

それなのに、なぜ？

「それならいっそ、そんなことできないようにしてやりたい」

そう言うと、裕也は理科室から出ていった。

私は再度、初めから登録し直す。

【登録できません】

同じだ。三鷹裕也を登録できない。

そのワケとして考えられるのは、もう裕也に寿命がないからか？　私が【三鷹裕也を消す】を押した時点で、裕也の寿命がなくなった？

奪い取れる命もないから、登録ができない？

でも、まだ消えてないよね？

ほら、また理科室に戻ってきた。

手にポリタンクを持って――？
「――裕也？」
私の『？』には、いくつも意味が込められていた。
どうして消えないの？
どうして登録できないの？
どうして、カギを閉めたの？
そのポリタンクには、何が入っているの？
ねぇ、裕也？
私は最後に、渾身《こんしん》の力を込めてスマホを押した。
【登録できません】
何度も押したからだろう。
登録できない理由が、補足されていた――。
【三鷹裕也はすでに登録されています】
「お前もやってたのか？」
裕也が目の前に立っていた。

裕也も、やってた？

この【HAPPY SCHOOL】に登録していた？

だから私のほうには、登録ができない——。

「自分だけだと思ったのか？」

「そんな——」

「残念だったな。俺も全部、願いを叶えたんだよ」

そう言って、自分のスマホを差し出す。

確かにそこは、【三鷹裕也】のマイページだった。

「自分の寿命と引き換えに、俺は生まれ変わったよ」

「うそ——」

「うそじゃない。俺を散々、バカにしてきた奴らに復讐するために、俺は何もかもを変えた。しょせん、人間は外見だろ？　イケメンになって、それまで俺を見下してきた女たちと付き合った。全部、このアプリでな」

これ見よがしに、画面を突きつける。

突然、明かされた真実に頭が追いつかない。

三鷹裕也は偽物だった？

ううん、本物だ。本物だけれどそれは、アプリで創り上げられた虚像。

私と同じように、何もかも変えたんだ。私がそうしたように、命を課して変貌した。

「本当は【ブサイク】な俺に、お前たちはすり寄ってきたってわけだ」

「――ひどい」

「そっくりそのまま返してやるよ。お前もどうせ【ブス】だったんだろ？」

蔑む笑いには、親しみが込められていた。

同じ穴のムジナだと。

言い返すことができない。そのとおりだからだ。

私もアプリで生まれ変わった。

ブスな自分を変えたくて、課命したんだ。

たとえ裕也がブサイクだったとしても、文句を言う資格はない。

「でももう、俺には願い事を叶えることができない」

「えっ？」

よく目を凝らしてみると、寿命の欄に【〇：一二】とある。

裕也の命はあと、十二分ということだ。

それで納得した。

おそらく裕也は、願い事を叶えすぎて寿命を失ったんだ。それなら、これまでの投げやりな態度も頷ける。

私を道連れにしようとしたことも、このせいだ。

「だから渚、一緒に死のう」

スマホを放り投げ、私の手を掴む。

「は、離して！」

「もうお前と死ぬしかないんだ!!」

「い、今からでも寿命を増やせば――」

そこまで言って、慌てて口を閉じた。

裕也は寿命の増やし方を知らないんだ。他人を登録して、寿命を奪い取ればいいことを知らない。でもそれを言ってしまうと、生き延びてしまう。

あと一二分。

あと十分程度で、三鷹裕也は消えるはず。

それなら逃げ果せばいい。

自分自身の寿命はその後また考えるとして、今は裕也から――。

「ちょっと、な、何してるの!?」

私は叫んだ。

ポリタンクを逆さにし、頭から液体を浴びている裕也に向かって。

ガソリンだ。強い臭いが鼻を刺す。

裕也は満面の笑みを浮かべて、頭からガソリンをかぶっている。

「や、やめて！」

「もうこれしかないんだ、これしか」

何かに取り憑《つ》かれたような目をし、ゆっくりとにじり寄ってくる。しかもガソリンをばら撒《ま》きながら。

「わ、私もアプリでキレイになっただけなの！　ほ、本当はただのブスなのよ？　裕也が私と付き合うことなんてない、ほ、ほ、本当にブスなんだから!!」

我ながら支離滅裂《しりめつれつ》だとは思ったけど、裕也の目を醒ます必要がある。

「それでも愛してるんだ、渚」

裕也が放ったガソリンが、私の制服にかかった。

【三鷹裕也が一生、私だけを愛するようになる】

私が叶えた願い事が、効いているんだ。

もう、何を言ってもムダ。

「や、やめて!!」

後ずさった拍子に、足元のガソリンに足を滑らせて転んだ。

裕也がポリタンクを遠くに投げる。

その胸ポケットから取り出したのは、ライター。

かちり。

小さな火が揺れる。

どれだけ小さい炎でもそれは、瞬時にすべてを焼き尽くすことができるだろう。

「お願い、やめて！」

「渚、一緒に逝こう」

「やめて‼」

裕也の手から、炎がこぼれ落ちていく——。

瞬く間に炎が舞い上がり、裕也を包み込んだ。

「ぐぁあああー‼」

叫び声を上げながら、それでも私に手を伸ばして近づいてくる。

そして、その顔が溶けていく——。

創り上げた仮面が溶けて剥がれていく。

中から現れたのは、裕也と似ても似つかない顔。

目は小さくて、鼻が異様に大きく、唇が腫れぼったい。

頬が膨れ上がり「渚——」と私の名前を呼んだ拍子に見えた口元は、前歯が抜け落ちて黄ばんでいた。

炎の風が吹き荒れ、一瞬、裕也が見えなくなる。

床に撒き散らしたガソリンに引火し、理科室は今や炎の海と化していた。

慌てて背を向けて、入り口まで走る。

何度もガソリンで滑りそうになりながら扉までたどりつくと――。

「あ、開かない⁉」

そういえば裕也が中からカギを閉めていた。

か、カギはどこ⁉

「な、渚、俺と一緒に――」

すぐ後ろで声がし、振り返る。

火だるまになってもなお、私を求めて彷徨《さまよ》っている裕也。

顔だけじゃなく、その体形も見る見るうちに変わっていく。

腹がせり上がり、手足が短くなり、どこからどう見ても【ブサイク】で醜い裕也は、見る影もない。

いや、それこそが本物の三鷹裕也なんだ。

「なぁあぁぎぃいいいさぁあああぁー‼」

裕也の火の粉が、私のスカートに飛び移った。

ああ、私は死ぬんだ。

ここで、裕也と一緒に。

桃子、ごめん

「なぁぎさぁー!!」

炎の波が、理科室に渦巻いている。

とぐろを巻いて、メラメラと音を立てて焼き尽くしていく。

肌が溶け、目玉が垂れ下がり、原形をとどめなくなっている裕也が、それでも私を求めて手を伸ばす。

もうダメだ。

もう――。

「渚!? 渚!」

ドアの向こうから、私を呼ぶ声がした。

けたたましい火災警報器のベルが鳴り響く中、聞き覚えのある声がすぐ向こうから聞こえる。

「も、桃子!!」

「渚、そこどいて!!」

次の瞬間、ドアが蹴破られた。

「なぁぎさぁー!!　なぁぎさぁー!!」

今にも覆い被さってくる炎の中から、裕也が私を引き込もうと肩に手をかける——。

「渚！　早くっ!!」

桃子が私の手を引いた。

裕也が離れていく。

ヘドロのように溶けていく裕也が、炎に連れ去られていく。

私に向かって手を伸ばしながら——。

「渚、逃げよう！」

「桃子、桃子！」

思わず親友に抱きついた。

そのまま転がるようにして廊下に出る。すでに火の勢いは理科室を焼きつくし、さらに大きくなっていく。

「火事って聞いて、もしかしたらって思ったの。ずっと連絡が取れなかったから！」

「ありがとう、桃子」

「早くここから離れ——」

その時、理科室が爆発した。

肩に激痛が走る。

冷たい廊下に突っ伏したけど、背中は燃えるように熱い。

体を起こすと、理科室は木っ端みじんになっていた。

使われていなかった、薬品でも置いてあったのか？

爆風に飛ばされて壁に打ちつけたのだろう、肩が脱臼している。

「――桃子？　桃子!!」

かなり離れた壁際に、桃子はぐったりと倒れていた。

肩を庇《かば》いながら、慌てて駆け寄る。

「桃子!?　しっかりして、桃子!!」

「――足が」

足首を掴んで、苦痛に顔を歪める。

私が少し触れるだけでも、桃子は大きな悲鳴を上げた。

折れているかもしれない。

ここは三階の理科室。

しかも端っこだ。向こうは行き止まり。道は一つしかないが――。

炎の壁が行く手を遮っていた。

「桃子、立てる？」

「ダメ。渚、一人で逃げて」

「ダメよ！　一緒に逃げないと、一緒に――ゴッ!!」

蔓延する煙を吸い込んで、激しく咳き込んだ。

胸が痛い。

このままじゃ、焼かれる前に煙で意識を失ってしまう。

「このままじゃ、二人とも――逃げ、られない。だから、渚、一人で――助けを呼んでっ」

桃子はそう言うと、苦しげな表情で私を押した。

でも。

でも、ここから逃げられたとしても、私は助からない。

私にはもう【寿命】がないんだから――。

ううん、一つだけ、一つだけ手がある。

私が【寿命】を延ばす方法が。

「渚、早く行って!!」

スカートのポケットに、スマホが入っていた。

これで今、桃子を写真に撮り、アプリに登録すればいいんだ。

そしてそのまま、見殺しにすればいい。

だって、どうせこのままじゃ逃げられない。

炎の壁を通り抜けないことには、助からない。

その前に、一酸化炭素中毒になるだろう。

でも私一人なら、一人だけなら――。

「渚？」

スマホを手に押し黙る私を不審に思ったのか、桃子がこっちを見上げる。

浅い呼吸を繰り返し、私の真意を確かめるように。

助かる手段は、これしかない。

私はスマホのカメラを向けた。

咳き込んでいる桃子に。

私の唯一の親友。

私が一度は捨てた親友。

そして再び、捨てようとしている――。

桃子は、いつも裏表がない。

どんなひどいことを言われても、どんなひどいことをされても、恨むどころか許してしまう。

怒るほうがよっぽど楽なのに。

もし私が寿命を奪い取ろうとしていることを知っても、きっと桃子は許してくれるだろう。

それが、私の大好きな親友なんだ。

「渚？」

「桃子——」

私は、スマホのシャッターボタンに手をかける。

そして言ったんだ。

「桃子、ごめんね」

私は謝った。

友の寿命を奪い取って、自分だけ生き延びようとしていることに対しての謝罪——。

「渚？」

「桃子、今までごめんね」

「えっ？」

「とにかく、ごめんね」

そう言って、桃子の前に背を向けて膝をつく。

一度、親友を捨ててしまったことを、私はずっと悔やんでいた。

同じ後悔はしたくない。

「乗って!!」

「でも渚、肩が?」

「いいから! 早く乗って!!」

「──うん」

桃子の重みが肩を撫でるだけで、とんでもない激痛が襲う。

「ああっ!!」と重みに潰されるように突っ伏してしまったけど、ここで死ぬわけにはいかない。

私は死ぬ。数時間後に死ぬ運命だ。

でも桃子は、桃子だけは助けないと!!

どんな時でも、私の側にいてくれた大切な友達。

もたもたしていられない。チャンスは一度。

「桃子、いい? 顔を伏せて!」

「渚」

「桃子、ごめんね。でも、ありがとう」

最後は謝るのではなく、お礼を言って終わりたい。

これが別れになるかもしれないからだ。

「私も──渚、ありがとう」

「うん」

涙が出てくる前に、私は駆け出した。

桃子を背負い、燃え盛る炎に向かって突っ込んでいく。

友を救うために――。


ここは、どこだろう？

地獄だろうか？

命と引き換えに自分を変えた罰？

だからこんなにも、肩が痛いのだろうか？

記憶がない。

桃子を背負って、炎に飛び込んでいった途中から、記憶が途切れている。

でももう三時間は過ぎただろう。

私の寿命は過ぎ去ってしまった――。

「渚、目が覚めた？」

「――桃子？」

目の前に桃子の笑顔が見える。

その瞬間、涙が一筋、頬を伝う。

心から安心できる笑顔に、私自身が温もりに包まれる。と同時に、助けられなかった無念さと申し訳なさとが合わさって、胸の詰まる思いが――。

「よかった!! 助かったんだよ、私たち助かったの!」

「えっ――?」

「渚が勇気を出して走ってくれたから」

「ホントに?」

「ホントだって!!」

松葉杖をついている桃子が、うれしそうに飛び跳ねる。

病院なんだ。

あの火災から逃げ延びて、病院にいる。

それじゃ、寿命は?

「桃子、私のスマホ知らない?」

「落としたんじゃない?」

「そうかも」

これじゃ、確認のしようがない。

私の寿命があと何年か、わからない――。

「でも、京子はダメだったみたい。他にもたくさん、クラスメイトが火事に巻き込まれて、逃げ遅れて」

「うそ——誰？　ねぇ、桃子、誰が逃げ遅れたの⁉」

「渚、ちょっと、落ちついて」

「桃子‼　誰が逃げ遅れたのよ！」

「渚？」

「そんな——」

京子が死んだ。

少し前に、アプリに登録した【井沢京子】が。

他にも桃子の口から告げられた名前は、どれも私がアプリに登録した名前ばかり。

だから私が生き延びた。

私だけが——。

私のせいで起きた火災で、みんなが逃げ遅れて焼死した。

寿命を、奪い取ってしまったんだ。

意識が、遠のいていく。

「今はゆっくり休んで」

桃子の声が聞こえた。

犯人は三鷹裕也。

交際のもつれからか、私を道連れにしようと理科室に火を放った。

ポリタンクを持って廊下を歩く裕也が、生徒たちに目撃されており、桃子の証言などから決定的となる。

けれど、いくら私が悲劇の被害者だとはいえ、私は生き残りたくさんのクラスメイトが亡くなった。

発端は、この私だ。

アプリのことは公になっていなくても、原因を作ったのは私。

両親は転校を勧め、学校側も了承したけど、私は断った。

桃子と離れたくなかったからだ。

それに私には責任がある。

生きなくちゃいけない、責任が。

「おはよう、渚」

「桃子、おはよう」

さすがに、事件後初の登校は緊張したけど、誰も私を責め立てることはなかった。

それはきっと――私の顔にヤケドの痕が残ったからだ。

首元から右頬にかけて、焼け爛《ただ》れた痕が残った。

何度か皮膚移植の手術をしたけど、完全には取りきれない。

しばらく学校を休んでもいいと、両親や桃子、先生たちは言ってくれたけど、私はあえて通うことにした。

服で覆うことも、メイクで隠すこともしない。

これがきっと、私に与えられた罰なのだろう。

あれからアプリは動かしていない。

スマホそのものが焼けたため、機種変更をしてそのままだ。

もしかしたら、あの神アプリなら、この顔の傷を治すことができる【願い事】が出てくるかもしれない。

おそらく【寿命】もたくさんあるだろう。

他人から奪い取った寿命は、計り知れない。

好きなだけ【課命】して、思う存分、自分を変えることができる。

そして華やかなスクールライフを送ることができる。

けれど私は、そうしなかった。

もうアプリを開くことはない。

この顔の傷を抱えて、生きていく。

それに不思議と、誰も何も言わない。

興味本位な視線が突き刺さることもあるけど、火事で亡くなったクラスメイトたちは、そういった視線すら、もう二度と感じることができないんだ。

本当なら、元の私に戻るべきだろう。

元のブスな葉月渚に。

でもブスは傷じゃない。

私はどうしても、自分を傷つけたかったんだ。

どうしても——。

私は【課命】から卒業した。

infinity《インフィニティ》

桃子はどんどんキレイになっていった。

同じ高校に進学し、私たちはいつも一緒だった。

どちらかというと、これまでは私が桃子を守っている感じだったけど、顔に焼け痕が残る私を、今度は桃子が身を呈して守ってくれたんだ。

おかげで、奇異な眼差しも気にする必要はなかった。

桃子は彼氏もできて、幸せそう。

私にも言い寄ってくれる男子もいたけど、顔の痣《あざ》のこともあって、どうしても積極的にはなれない。

華やかとは程遠い、でも穏やかな学校生活を送って、美術大学に進んだ。

絵を勉強し、インテリアデザインの会社に就職する。

私がデザインしたものが形になる喜び。

それなりに充実した社会人生活を謳歌《おうか》していると、桃子が結婚するという。

短い周期で付き合う男性を変えていた桃子が、ようやく本当の幸せを掴んだ。

私も心からうれしかった。

ウエディングドレス姿の桃子はとてもキレイで。

「次は渚の番よ」

ブーケを直接、手渡される。

それなりに男性と交際歴もあったけど、どういうわけかハズレばかり。

浮気され、貢がされ、そのころには男性に対して不信感しか持ってなかったが。

桃子の披露宴で出会ったのが、溝口武《みぞぐちたけし》だった。

武は一言でいうなら、冴えない男だ。

中肉中背で、顔もどこにでもあるような、まったく目立たない感じ。

パッとしないな、というのが第一印象だ。

市役所に勤めている武から、デートに誘われた。

女性に対して免疫がないのか、終始、汗だくで緊張していて、これまでなら——とくに中学時代の私なら絶対に見向きもしない、素朴な男。

だからこそだろう。

私は、武の交際の申し込みを受けることにした。

真面目を絵に描いたような武との付き合いは、ときめきに欠けるものだったけど、いつも私は心が満たされていたんだ。

「キレイだ」

そう言って、愛おしそうに私の頬を撫でる。
武の手はとても温かい。
武に触れられるだけで、私の傷は熱くなる。
やがて、子供ができた。
順番は逆だったけど、私はうれしかった。
この人の子供ならきっと、まっすぐな子だろう。
私たちは結婚した。
三人の幸せな家庭が四人となったころには、私はもう過去を振り返らなかった。
振り返る暇がなかったんだ。
慌ただしく時間だけが過ぎていく。
時が、すべてを流してくれた。
すべてを——。
子供たちが大きくなり、私たちの元を巣立っていく。
これからは、夫と二人。
静かな余生を送るはずだった矢先、武が病に倒れた。
手の施しようがなく、見る見るうちに弱っていく。
私の最愛の人。

武はいろいろなことを私に教えてくれた。

過去に囚われていた私に、未来があるのだと。

こんな私でも、愛される価値があるのだと。

またいつか、きっと会えるのだと。

「ありがとう、あなた」

私は夫を看取った。

一人になった私を見兼ね、子供たちが引き取ると言ってくれたけど、年寄り扱いされるのはごめんだ。

田舎で第二の人生をスタートさせる。

アトリエを作り、畑を耕し、絵を描くことに明け暮れた。

それでも年を取る。

ある朝、刺すような痛みが胸を突き上げた。

キャンパスごと倒れた私は、これでようやく夫に会えるのだと思った。

病院に運ばれ、難しい手術をしていること、子供たちや孫が心配そうにしていること、どうやら一命を取り留めたことなどが、ぼんやりとわかった。

そして、娘の元に引き取られることとなる。

「おお婆ちゃんは、もう一〇〇歳なの？」

ひ孫がよく私の元を訪れた。

ああ私はもう、一〇〇歳なのか――。

ただ月日だけが過ぎていく。

自分が自分だとも自覚できない、ただの寝たきり。

それでもよく、取材がやってきた。

『長寿』という言葉をよく耳にする。

目が覚めるのは、ご飯の時くらいだ。

それも自分で食べることもできず、何か柔らかいものが喉を通り、お腹に入るという感覚だけ。

「お母さん、お兄ちゃんが死んだんだよ」

誰かが耳元で泣いている。

娘だったろうか？

親より先に死ぬなんて、なんて親不孝だろうか？

悲しみがよぎったのも、ほんの一瞬だった。

「ばあちゃん、一四二歳って世界記録だぜ？」

「私たちのほうが先に死んだりしてね？」

「笑えないぞ、それ」

誰かと誰かが喋っている。

孫のような気もするけど、わからない。

私が今、一四二歳だというのはわかった。

一四二歳？


「なんか、気味悪くない？　一五〇歳だよ？」

「孫も全員死んでんのに、まだ生きてるなんてな」

また誰かが喋っている。

「寿命、どんだけあるんだよ？」

寿命？

『寿命』という言葉が、どうしても聞き流せない。

その時、突然頭の中で何かが弾けた。

過去が、津波のように襲ってくる。

「ちょっ、お、お、起きたぞ!?」

若い男が目を見開いて仰け反った。

一五〇歳で寝たきりの私が、体を起こしたことに驚いたのか？

「あぁあああ‼」

言葉が出ない。

思うように、言葉が出てこない。

「何か言いたいんじゃない？　おばあちゃん、何が言いたいの？」

大きな声で尋ねてくる若い女は、どこか娘に似ている。

「あぁあああああああああああ——‼」

だけど、やっぱり言葉が出てこない。

言葉が出ないなら、伝える方法は——？

「スマホ？　スマホを指さしてない？」

「あ、頷いた。なんか、書くジェスチャーしてないか？　紙とペン持ってこいよ‼」

ふぅ、どうやら伝わったようだ。

ボールペンを持たされるけど、握力はゼロ。

何度もペンを取り落としては、ミミズがのたうち回るような文字ができあがる。

「これって——英語じゃない？」

「最初がHか？　ならHAPPYじゃないか？」

「次がSだから、SCHOOLって書いてない？」

「HAPPY SCHOOL？　なんだそれ？」

「それをスマホで検索しろって言ってんじゃない？　またスマホを指してるもん」

「わかった。探してみる」

やっと伝わった。

もうそれだけで力を使い果たし、再びベッドに横になるとすぐ、眠たくなった。

深い深い眠りにつく――。


「一五二歳、お誕生日おめでとう!!」

そんな賑やかな声に、私は目を開く。

「おばあちゃん！　これ、こないだ一五〇歳の時におばあちゃんが言ってた、アプリのやつだよ!!」

若い女がスマホの画面を差し出した。

「てか、覚えてんのかよ？」

男のほうが、バカにしたように笑う。

「覚えてるに決まってんじゃん!!　おばあちゃん、起き上がって【HAPPY SCHOOL】って書いたんだよ？　絶対に昔、何か思い入れがあるんだよ」

「そんなもんかなー。それより不死身じゃねーの？」

「長生きって言いなさいよ。おばあちゃん！　これ、おばあちゃんの名前を入力したら、マイページに入れたよ!!　昔、おばあちゃんがやってたんだね？」

何を言ってるのかまったくわからなかったけど、目を凝らしてみる。

目も、白い膜が張っていてほとんど見えない。

だから画面は見えなかったけど、久しぶりの光が目を差して涙が浮かぶ。

涙と目の焦点が合う。

スマホの画面が一瞬だけ、見えた。

遠い遠い、はるか昔、私はこれを嗜《たしな》んでいた。

【渚】というのは、私の名前だ。

同時に、記憶の波に溺れていく。

【葉月渚】の下の表示は、確か【寿命】を表していた。

そうだ、私はそれを確認したかったんだ。

私の寿命を――。


【∞】

「名前の下の【∞】ってなんだっけ？」

「infinity……だろ?」

「インフィニティ?　それって——?」

「【無限大】って意味だよ」

二人が話している。

無限大。

そうか、無限なのか。

記憶がどんどんどんどん溢れ出てくる。

私はアプリで【課命】して、自分を変えた。

課命するには、寿命を使わないといけない。好き勝手に願い事を叶えると、当然のことながら寿命はなくなる。

自分の寿命を増やすには、他人を登録して寿命を奪い取る。

あの火事で、私は大勢から寿命を奪い取った。

その年数は【∞】だ。

だから私は、一五二歳になった今も、死なない。

私は死なない。

永遠に生き続ける。

もう死にたい。

死んでしまいたい。
何も考えたくないのに、これからもずっと、私は生き続けるんだ。
それが私に与えられた【罰】。
命をムダづかいした私に課せられた【罰】なんだ。
次に目を覚ませば、いったい、何歳になっているのだろう？
それを考えるだけで恐ろしかった。
けれど恐ろしさを感じる前に、私は再び目を閉じた。
生き続けるために――。

番外編　もう一つのラスト

友達

【桃子side】


私には友達がいる。

大切な、大切な友達が。

「渚、なんだか元気ないね？」

私は、なんだかボーッとしている葉月渚に声をかけた。

渚は私なんかと違って、とってもキレイだ。

どうして、こんな地味でかわいくない私と仲良くしてくれるのかわからないけど、私が心ない暴言を浴びせられたりすると、自分のことのように怒ってくれる。

とっても大切な存在。

そんな渚には、とってもカッコいい彼氏がいる。

三鷹くんだ。

いつも二人は一緒で、彼氏なんかできたことがない私は羨ましい。

それなのに最近の渚は言葉数も少ないし、顔色も悪い。

「なんでもない」と言うけど、どこか上の空で、次の授業から姿が見えなくなった。

具合が悪そうだから、早退したのかな？

「渚、知らないか？」

私に尋ねてくる三鷹くんは、なんだかとても怖い顔をしていた。

結局、お昼休みも渚は帰ってこなかったんだ。

そしてそれは、五時間目の授業中だった。

いきなりけたたましい非常ベルが鳴り、誰かが「火事だ！」と言った。

パニックになって避難する中、どうしても胸騒ぎがした私は、火事の現場である理科室に向かう。

そこに、渚がいた。

「渚‼」

私がドアを思いきり蹴破ると、渚が抱きついてきた。

その向こうにいるのは――何、あれ？

顔が溶けてもなお、渚の名前を呼ぶ化け物。

慌てて逃げようとした時、理科室が爆発した。

壁に吹き飛ばされ、その拍子に足首をひねってしまい、立ち上がることができない。

「桃子、立てる？」

肩を押さえながら、渚が駆け寄ってくる。

廊下は煙が充満していて、早く逃げないと一酸化炭素中毒で死んでしまう。

なんとか立ち上がろうとしたけど、足首はおそらく折れている。

「ダメ。渚、一人で逃げて」

「ダメよ！　一緒に逃げないと、一緒に――ゴッ!!」

渚が咳き込む。

「このままじゃ、二人とも――逃げ、られない。だから渚、一人で――助けを呼んでっ」

私は渚を強く押した。

このままじゃ、私のせいで渚まで死んでしまう。

大切な【友達】を、犠牲にするわけにはいかない。

けれど渚は、何やらスマホを眺めて怖い顔をしている。

助けを呼ぶつもり？

でも、もう間に合わない。

何かを悩んでいる様子だった渚が、私にスマホを向ける。

こんな時に、写真!?

「桃子、ごめんね」

渚が、私に謝ったんだ。

泣きそうだった渚の顔が、引きしまる。

「桃子、スマホは？」

「えっ、スマホ？　あるけど――？」

「貸して!!」と、私の手から乱暴に奪い取る。

いったい、渚は何をする気なのか？

「ハッピースクールハッピースクール――あった！」と、何か文字を打ち込んで声を上げる。

そんなことしている場合じゃないのに！

「ちょっと、渚？」

「キレイに撮ってあげられなくて、ごめんね」

それだけ言うと、スマホで写真を撮る。

私を撮ったんだ。

私のスマホで。

もう火の手は、すぐそこまで迫ってきているというのに。

「私は、いっぱい奪ったから」

「えっ？」

「奪ってきたものが多いの。だからせめて、最後に返させてほしい」

「渚、なに言ってるの？」

「今、ハッピースクールに登録した。やっぱり桃子はもう、寿命がない」

「えっ⁉」

「でも、私にはまだ二時間、寿命がある。その二時間を桃子にあげる。そうしたらきっと、桃子は生き延びるはずだから。あと念のため、誰かを登録しないと。もしかしたら、撮ってある写真で――」

「何？　なに意味のわからないこと言ってるの？」

「あ？　登録できた！」

「ちょっと渚！」

「桃子、ありがとう」

そう言うと、渚は私のスマホで自撮りをした。

その目からは、涙が流れている。

悲しい涙が。

「渚っ、ちゃんと説明してよ！」

大声で怒鳴った。

私は声を荒げたことなんかない。

それでも、怒鳴らずにはいられない。

渚が――私の大切な友達が、どこか遠くに行ってしまいそうで。

手の力だけで前に進み、渚の手首を掴んだ。

スマホで登録やら、寿命やら、何をしようとしているかわからないけど、私にもわかることが一つだけある。

この手を離せば、二度と渚とは会えなくなってしまう。

「ごめんね、桃子」

「謝らないで！　もう謝らないでよ!!」

なぜか、涙が溢れてきた。

渚もずっと泣いている。

「説明する時間、もうないんだ」

そう言って膝をつくと、私を抱きしめる。

「桃子は、生きなくちゃダメなの」

「いや」

「お願い。私の分まで、生きて」

「嫌だって!!　絶対にこの手を――」

「ごめん」

私の手を振り払い、渚が立ち上がる。

もう一度、掴もうと手を伸ばしたけど、痛めた足首が悲鳴を上げた。

涙と煙と炎で、渚が見えなくなっていく。

「渚、行かないで！」

「桃子」

「渚!!」

一瞬、煙の切れ間に渚の顔が浮かび上がった。

やっぱり渚は、泣いていた。

でも、笑っていたんだ。優しく微笑んでいた。

「ありがとう、桃子。私と、友達でいてくれて」

それが渚の、最後の言葉だった。


すぐに意識を失った私は、救出されて病院に運ばれた。

幸い、足首の骨折だけで済み、二週間後、松葉杖《まつばづえ》で登校したけど――。

「おはよう」

挨拶をしても、返ってくることはない。

みんな、いなくなってしまった。

渚も、井沢さんも火事に巻き込まれて死んでしまったんだ。

何人か井沢さんたちのグループが固まっていたけど、私と目が合うと、露骨に視線をそらされてしまった。

無理もないか。

きっと、火事は渚のせいだと思われている。

渚と三鷹くんが揉めて、三鷹くんが火を放った。

命を失っていなくても、ケガやヤケドをした生徒は何人もいる。

渚と一番、仲がよかった私がハブられるのは仕方ないこと。

無視されるのには慣れている。

でもいつも、渚が隣にいた。

だから私は、学校生活を無事に送れていたのかもしれない。

やっぱり、寂しいな。

つん、と込み上げてくるものがあった。

涙を手の甲で拭う。

そうしたら聞こえてきたんだ。

「ブスが泣いてるぜ」

「松葉杖、腐るんじゃね？」

「いっそ、焼け死んじゃえばよかったのに」

心ない言葉が、容赦なく私を突き刺す。

私は黙って耐えた。

これまでそうしてきたように。

これからもそうするだけだ。

これからはたった一人で――。


私は、スマホを二台、持っている。

一台は新しく買ったもので、もう一台は火事の時に発見された私のスマホ。

角が焼けて溶けている、動かないスマホだ。

どうしても捨てることができなかった。

渚の形見のような気がして、つねに肌身離さず持っている。

バカにされたり笑われたり、傷ついた時にはいつもこうして、お守りのスマホを握りしめる。

そうすると、自然と力が湧いてくる、か、ら――？

あれ、電源入ってる？

ようこそ！
HAPPY SCHOOLへ！
我々はあなたの学校生活を、全力で応援します‼
それでは質問です
もし望みが叶うとしたら？
全部、願いが叶うなら？
あなたならどうしますか？
さぁ、今すぐ登録をして、華やかなスクールライフを‼

ハッピースクール？
そういえばあの時、渚もそんなことを言っていたような？
とりあえず画面を開いてみると、そこには制服を着たキャラクターがいた。
【篠田桃子】とある。
これは、私なのか？
渚は、私をこれに登録した？
でも、なんのために？
寿命をあげるとかなんとか――？

そうだ、渚は確か私の寿命がもうないと言っていた。

念のため、井沢さんの写真も登録すると。

それってどういうこと――?

私の名前の横には【五十二年】とある。

もしかして、これが寿命?

ないはずの寿命が増えている――渚は自分の寿命を私にくれると言った。

でも二時間だけ。それなのに五十二年?

これって、井沢さんが死んだことと関係があるのだろうか?

拭《ぬぐ》いきれない胸のわだかまりを抱え、廊下を一人で歩いていると――。

「邪魔なんだよ!」

誰かが、松葉杖を蹴飛ばした。

その拍子に廊下に倒れ込む。

「おい、ブタが四《よ》つん這《ば》いだぜ!」

「そのまま歩けよ!」

「ブヒブヒ!」

男子たちが、ここぞとばかりに私をからかう。

けれど、誰も助けてはくれない。まわりの女子たちも、くすくすと笑うだけ。

みんな、安心しているんだ。
自分より下がいることに、心から安心している。
だから誰も、私に手を差し伸べたりはしない。
私がブスだから。
私がブスだから、床に這いつくばらないといけないんだ。
私がブスだから、笑われるんだ。
私がブスだから――。
その時、スマホが震えた。
【新しい願い事が追加されました】
【美しくなって生まれ変わる】【三十年】
これは、なんだろう？
願い事？　それが叶うというの？
美しくなって、生まれ変わる？
でも、気になるのは、その横の【三十年】という数字だ。
普通に考えると、三十年の寿命と引き換えってこと？

美しく、生まれ変わる？

この私が？　キレイになれるの？

いや、そんなこと間違っている。

親から貰った顔や体を傷つけて変えてしまうなんて、人としてやっちゃいけないことなんだ。

人として――。

「ブタ、邪魔なんだよ！」

誰かの罵声が、私の心に突き刺さる。

そうか、私は人じゃないんだ。

でも――耳を塞ぎたくなる言葉を投げつける行為だって、人がすることじゃない。

もし、もし私がブスじゃなかったら？

もし私が、キレイだとしたら？

こんなひどい目に遭っていないのかもしれない。

人は見た目？

ううん、違う。人は内面が大切、心が大切だ。

でも今、私の心は泣いていた。

それを慰めてくれる友達も、もういない。

私がこれからしようとしていることを止めてくれる友達も、もういない。
私は一人だ。
私は、一人なんだ。
でも私は、ブタじゃない。
私は【願い事】に向かって指を伸ばした。

END.

あとがき

このたびは、たくさんあるケータイ小説の中から『あなたの命、課金しますか？』を手に取っていただき、ありがとうございます。

誰でも一度は『もっと〇〇になりたい！』と願ったことがあるんじゃないかと思います。

その願いを、もし命と引き換えに叶えることができるなら――。


【書籍化される】


この願いは、果たして何年の命が必要か？

一年？　それとも五十年？

ケータイ小説を書き始めて、十年になります。

ずっと趣味で書いてきましたが、ホラーでのデビューを目指したのは、ここ最近のことです。

この一年間、休まず書き続けることを自分に課しました。

何度もくじけそうになりながらも、そのたびに自分を奮い立たせて書き続け、こうしてデビューすることができました。

まず書くこと――。

書くことが夢へとつながります。

最後に、かけがえのない家族、友達、作家仲間、ファンの方々、感謝でいっぱいです。また、素敵なイラストを描いてくれた紀井るうさんはじめ、本書の制作に携わってくれた方々、そして、この本を読んでくださったすべての方々、本当にありがとうございました。

天国のお母さんへ。

「夢、叶ったで――」

二〇一九年六月二十五日　さいマサ

作・さいマサ（さいまさ）

三重県出身。別名「スウィーツ侍」。三度の飯より甘いもの好き。美味しいものを食べている時と、愛犬の黒パグ「半蔵」とマッタリしている時が幸せ。年間500本の映画を観る。好きなジャンルは、もちろんホラー。本作にて第3回野いちご大賞レーベル賞（野いちご文庫ホラー）受賞し、初の書籍化。現在はケータイ小説サイト「野いちご」にて活動中。

絵・紀井るう（のりいるう）

神奈川県在住。高校在学中に某少女漫画雑誌にてデビューし、講談社のWebコミック配信サイトの新人賞で金賞を受賞。猫・激辛・コーヒー・音楽・テニス・サッカー観戦が欠かせない。

さいマサ先生への
ファンレター宛先

〒104-0031　東京都中央区京橋1-3-1　八重洲口大栄ビル7F
スターツ出版（株）　書籍編集部気付　さいマサ先生

この物語はフィクションです。
実在の人物、団体等とは一切関係がありません。
一部、飲酒に関する表記がありますが、未成年者の飲酒は法律で禁止されています。

あなたの命、課金しますか？

2019年6月25日　初版第1刷発行

著　者　さいマサ

発行人　松島滋

イラスト　紀井るう

デザイン　カバー　ansyyqdesign
フォーマット　齋藤知恵子

DTP　久保田祐子

編集　相川有希子　酒井久美子

発行所　スターツ出版株式会社
〒104-0031
東京都中央区京橋1-3-1 八重洲口大栄ビル7F
出版マーケティンググループTEL 03-6202-0386
（ご注文等に関するお問い合わせ）
https://starts-pub.jp/

印刷所　共同印刷株式会社
Printed in Japan

ISBN 978-4-8137-0711-0 C0193

恋するキミのそばに。

野いちご文庫人気の既刊！

『恐愛同級生』

なぁな・著

高二の莉乃はある日、人気者の同級生・三浦に告白され、連絡先を交換する。でも、それから送り主不明の嫌がらせのメッセージが送られてくるように。おびえる莉乃は三浦を疑うけれど、彼氏や親友の裏の顔も明らかになり始めて…。予想を裏切る衝撃の展開の連続に、最後まで恐怖が止まらない!!

ISBN978-4-8137-0666-3　定価：本体600円＋税

『秘密暴露アプリ』

西羽咲花月《にしわざきかつき》・著

高3の可奈たちのケータイに、突然「あるアプリ」がインストールされた。アプリ内でクラスメートの秘密を暴露すると、ブランド品や恋人が手に入るという。最初は誰もがバカにしていたのに、アプリが本物だとわかった瞬間、秘密の暴露がはじまり、クラスは裏切りや嫉妬に包まれていくのだった…。

ISBN978-4-8137-0648-9　定価：本体600円＋税

『女トモダチ』

なぁな・著

真子と同じ高校に通う親友・セイラは、性格もよくて美人だけど、男好きなど悪い噂も絶えなかった。何かと比較される真子は彼女に憎しみを抱くようになり、クラスの女子たちとセイラをいじめるが…。明らかになるセイラの正体、嫉妬や憎しみ、ホラーより怖い女の世界に潜むドロドロの結末は!?

ISBN978-4-8137-0631-1　定価：本体600円＋税

『カ・ン・シ・カメラ』

西羽咲花月《にしわざきかつき》・著

彼氏の楓が大好きすぎる高3の純白。だけど、楓はシスコンで、妹の存在は純白をイラつかせていた。自分だけを見てほしい。楓をもっと知りたい。そんな思いがエスカレートして、純白は楓の家に隠しカメラをセットする。そこに映っていたのは、楓に殺されていく少女たちだった。そして混乱する純白の前に……。

ISBN978-4-8137-0591-8　定価：本体640円＋税

書店店頭にご希望の本がない場合は、書店にてご注文いただけます。